SHAN TIAN SHE
-新制對應版-

精修 關鍵字版

網羅新日本語能力試驗文法必考範圍

日本語
文法·句型
辭典

SHAN TIAN SHE CULTURE
日本語 文法·句型辭典
MP3

N1 N2 文法辭典

【吉松由美・田中陽子・西村惠子・千田晴夫 合著】

U0080102

山田社
Shan Tian She

前言

您的日語，是否不進不退，甚至還在倒退？
即將進入N1,N2高階的您，
別讓文法像座大山橫埂在前面！
想在日檢考試拿下合格好成績，
只要找對方法，就能改變結果。
不補習，自學考上N1,N2，就靠這一本！

《精修關鍵字版 日本語文法‧句型辭典》為了這樣的您，再出N1,N2版了。

明明五顏六色，書上重點一網打盡，畫得滿滿的，
怎麼考試時腦袋還是一片空白？
其實，一堆重點＝沒重點，畫了＝白畫！
只有關鍵字，像膠囊似地能將龐雜的資料濃縮在裡面。
只有關鍵字，到了考試，如同一把打開記憶資料庫的鑰匙，
提供記憶線索，讓「字」帶「句」，「句」帶「文」，
瞬間回憶整句話，達到獲取高分的境界。

什麼是「關鍵字」？它是將大量的資料簡化而成的「重點字句」，只有關鍵字，能以最少時間，抓住重點，刺激五感，製造聯想。「關鍵字」與「大腦想像」一旦結合，將讓大腦發光發熱，進而以最少的時間，達到長期記憶，成就最佳成績。

本書精選新制日檢考試N1,N2全部文法，每項都精心標上文法記憶法寶「關鍵字」，運用關鍵字的濃縮精華，進而啟發回憶的效果，幫助您直接進入腦中，圈出大的重點，縮短專注時間，記憶更穩更久！

不管是日語中高階者，大學生，碩、博士生，甚至日語老師、教授，《精修關鍵字版 日本語文法‧句型辭典—N1,N2文法辭典》都是學習或教授日語，人手一本，一輩子都用得到的好辭典。

精修關鍵字版內容更進化：

1. 關鍵字膠囊式速效魔法

　　每項文法解釋前面，都加上該文法的關鍵字，關鍵字可以讓濃縮後的資料，輕易地從記憶中的功課提取出整段話或整篇文章。也就是以更少的時間，得到更大的效果，進而提高學習動機，讓您充滿信心去面對日檢考試。

2. 超強漫畫式學習

　　每項文法的第一個重點例句，都會搭配活潑、逗趣的日式插圖。把枯燥的文法融入插圖的故事中，讓人會心一笑，並加深對文法的印象，您絕對會有「原來文法可以這麼有趣、這麼好記」的感覺！

3. 說明清晰，立馬掌握重點

　　為了紮實對文法的記憶根底，務求對每一文法項目意義明確、清晰掌握。説明中不僅對每一文法項目的意義、用法、語感、近義文法項目的差異，及關連的近義詞、反義詞、慣用語等方面進行記述以外，還分析不同的文法項目間的微妙差異。相當於一部小型N1,N2的文法·句型辭典。

4. 用例句比較句型的分類用法

　　每個文法項目，都帶出4、5個例句，每個例句都以生活、工作、財經等為話題，甚至是報章雜誌常出現的用法。另外，也有一些文法項目，會針對同項文法的有不同用法加以剖析，並舉出不同分類用法的例句，有助於強化文法應用力。

5. 網羅日檢N1到N2文法·句型·單字

　　各級文法所舉出的例句中，更包括符合該級數程度的單字，如此一來便能三效學習文法、單字和例句，幾乎是為新制對應日檢考試量身打造，同時也是本超實用的日語文法書。

　　本書廣泛地適用於一般的日語中高階者，大學生，碩士博士生、參加N1到N2日本語能力考試的考生，以及赴日旅遊、生活、研究、進修人員，也可以作為日語翻譯、日語教師的參考書。另外，搭配本書加碼收錄的實戰MP3，熟悉專業日籍老師的語調與速度，幫助您聽力實力突飛猛進，提供最完善、最全方位的日語學習。

目錄

文型接續解說

▶ 形容詞

活　用	形容詞（い形容詞）	形容詞動詞（な形容詞）
形容詞基本形 （辭書形）	大^{おお}きい	綺^{きれい}麗だ
形容詞詞幹	大^{おお}き	綺^{きれい}麗
形容詞詞尾	い	だ
形容詞否定形	大^{おお}きくない	綺^{きれい}麗でない
形容詞た形	大^{おお}きかった	綺^{きれい}麗だった
形容詞て形	大^{おお}きくて	綺^{きれい}麗で
形容詞く形	大^{おお}きく	×
形容詞假定形	大^{おお}きければ	綺^{きれい}麗なら（ば）
形容詞普通形	大^{おお}きい 大^{おお}きくない 大^{おお}きかった 大^{おお}きくなかった	綺^{きれい}麗だ 綺^{きれい}麗ではない 綺^{きれい}麗だった 綺^{きれい}麗ではなかった
形容詞丁寧形	大^{おお}きいです 大^{おお}きくありません 大^{おお}きくないです 大^{おお}きくありませんでした 大^{おお}きくなかったです	綺^{きれい}麗です 綺^{きれい}麗ではありません 綺^{きれい}麗でした 綺^{きれい}麗ではありませんでした

▶ 名詞

活　用	名　詞
名詞普通形	<ruby>雨<rt>あめ</rt></ruby>だ <ruby>雨<rt>あめ</rt></ruby>ではない <ruby>雨<rt>あめ</rt></ruby>だった <ruby>雨<rt>あめ</rt></ruby>ではなかった
名詞丁寧形	<ruby>雨<rt>あめ</rt></ruby>です <ruby>雨<rt>あめ</rt></ruby>ではありません <ruby>雨<rt>あめ</rt></ruby>でした <ruby>雨<rt>あめ</rt></ruby>ではありませんでした

▶ 動詞

活　用	五　段	一　段	カ　変	サ　変
動詞基本形 （辭書形）	<ruby>書<rt>か</rt></ruby>く	<ruby>集<rt>あつ</rt></ruby>める	<ruby>来<rt>く</rt></ruby>る	する
動詞詞幹	<ruby>書<rt>か</rt></ruby>	<ruby>集<rt>あつ</rt></ruby>	0 （無詞幹詞尾區別）	0 （無詞幹詞尾區別）
動詞詞尾	く	める	0	0
動詞否定形	<ruby>書<rt>か</rt></ruby>かない	<ruby>集<rt>あつ</rt></ruby>めない	<ruby>来<rt>こ</rt></ruby>ない	しない
動詞ます形	<ruby>書<rt>か</rt></ruby>きます	<ruby>集<rt>あつ</rt></ruby>めます	<ruby>来<rt>き</rt></ruby>ます	します
動詞た形	<ruby>書<rt>か</rt></ruby>いた	<ruby>集<rt>あつ</rt></ruby>めた	<ruby>来<rt>き</rt></ruby>た	した
動詞て形	<ruby>書<rt>か</rt></ruby>いて	<ruby>集<rt>あつ</rt></ruby>めて	<ruby>来<rt>き</rt></ruby>て	して
動詞命令形	<ruby>書<rt>か</rt></ruby>け	<ruby>集<rt>あつ</rt></ruby>めろ	<ruby>来<rt>こ</rt></ruby>い	しろ
動詞意向形	<ruby>書<rt>か</rt></ruby>こう	<ruby>集<rt>あつ</rt></ruby>めよう	<ruby>来<rt>こ</rt></ruby>よう	しよう
動詞被動形	<ruby>書<rt>か</rt></ruby>かれる	<ruby>集<rt>あつ</rt></ruby>められる	<ruby>来<rt>こ</rt></ruby>られる	される
動詞使役形	<ruby>書<rt>か</rt></ruby>かせる	<ruby>集<rt>あつ</rt></ruby>めさせる	<ruby>来<rt>こ</rt></ruby>させる	させる
動詞使役被動形	<ruby>書<rt>か</rt></ruby>かされる	<ruby>集<rt>あつ</rt></ruby>めさせられる	<ruby>来<rt>こ</rt></ruby>させられる	させられる

動詞可能形	書ける	集められる	来られる	できる
動詞假定形	書けば	集めれば	来れば	すれば
動詞命令形	書け	集めろ	来い	しろ
動詞普通形	行く 行かない 行った 行かなかった	集める 集めない 集めた 集めなかった	来る 来ない 来た 来なかった	する しない した しなかった
動詞丁寧形	行きます 行きません 行きました 行きませんでした	集めます 集めません 集めました 集めませんでした	来ます 来ません 来ました 来ませんでした	します しません しました しませんでした

Track N2
1-01

～あげく（に／の）

…到最後、…，結果…

{動詞性名詞の；動詞た形}＋あげく（に／の）

❶【結果】表示事物最終的結果，指經過前面一番波折和努力所達到的最後結果，後句的結果多因前句，而造成精神上的負擔或麻煩，多用在消極的場合，如例(1)～(3)。

❷〚あげくの＋名詞〛後接名詞時，用「あげくの＋名詞」，如例(4)。

❸〚慣用表現〛慣用表現「あげくの果て」為「あげく」的強調説法，如例(5)。

1 年月をかけた準備のあげく、失敗してしまいました。

花費多年準備，結果卻失敗了。

例句

2 口論のあげくに、殴り合いになった。

吵了一陣子，最後打了起來。

3 考えたあげく、やっぱり彼にこのことは言わないことにした。

考慮了很久，最終還是決定不告訴他這件事。

4 家の売却は、さんざん迷ったあげくの決断だった。

賣掉房子是左思右想了老半天之後的決定。

5 市長も副市長も収賄で捕まって、あげくの
果ては知事まで捕まった。

市長和副市長都因涉嫌收賄而
遭到逮捕，到最後甚至連知事
也被逮捕了。

Track N2
1-02

〜あまり（に）

1. 由於過度…、因過於…、過度…；2. 由於太…才…

➡ {名詞の；動詞辭書形}＋あまり（に）

❶【極端的程度】表示由於前句某種感情、感覺的程度過甚，而導致後
句的結果。前句表示原因，後句的結果一般是消極的，如例(1)～(4)。

❷【原因】表示某種程度過甚的原因，導致後項結果，為「由於太…才…」
之意，常用「あまりの＋形容詞詞幹＋さ＋に」的形式，如例(5)。

1 焦るあまり、大事なところを見落としてしまっ
た。

由於過度著急，而忽略了重要的地方。

➡ 例句

2 父の死を聞いて、驚きのあまり言葉を失っ
た。

聽到父親的死訊，在過度震
驚之下說不出話來。

3 お金がほしいあまりに、会社の金を取って
逃げた。

由於太需要錢，因而盜領公
款後逃逸了。

4 読書に熱中したあまり、時間がたつのをすっ
かり忘れてしまいました。

由於沉浸在書中世界，渾然
忘記了時光的流逝。

5 あまりの暑さに（≒暑さのあまり）、倒れて
救急車で運ばれた。

在極度的酷熱之中昏倒，被
送上救護車載走。

003

● ～いじょう（は）

既然…、既然…，就…、正因為…

➜ {動詞普通形}＋以上（は）

【原因】由於前句某種決心或責任，後句便根據前項表達相對應的決心、義務或奉勸。有接續助詞作用。

1 引き受ける以上は、最後までやり通すつもりだ。

既然已經接下這件事，我會有始有終完成它的。

➜ **例句**

2 彼の決意が固い以上、止めても無駄だ。

既然他已經下定決心，就算想阻止也是沒用的。

3 両親は退職したが、まだ元気な以上、同居して面倒を 見る必要はない。

父母雖然已經退休了，既然身體還很硬朗，就不必住在一起照顧他們。

4 大学を出た以上、仕事を探さなければならない。

既然已從大學畢業，就必須找工作不可。

5 彼女に子供ができた以上は、責任を取って結婚します。

既然女友已經懷孕，我會負起責任和她結婚。

004

● ～いっぽう（で）

1. 在…的同時，還…、一方面…，一方面…、另一方面…；2. 一方面…而另一方面卻…

➜ {動詞辭書形}＋一方（で）

❶【同時】前句說明在做某件事的同時，另一個事情也同時發生。後句多

敘述可以互相補充做另一件事，如例(1)〜(3)。

❷【對比】表示同一主語有兩個對比的側面，如例(4)、(5)。

1 景気がよくなる一方で、人々のやる気も出てきている。

在景氣好轉的同時，人們也更有幹勁了。

➡ 例句

2 わが社は、家具の生産をする一方、販売も行っています。

敝公司一方面生產家具，一方面也進行販賣。

3 短期的な計画を立てる一方で、長期的な構想も持つべきだ。

一方面擬定短期計畫，另一方面也該做長期的規畫。

4 地球上には豊かな人がいる一方で、明日の食べ物すら ない人もたくさんいる。

地球上有人豐衣足食，但另一方面卻有許多人，連明天的食物都沒有。

5 今の若者は、親を軽視している一方で、親に頼っている。

現在的年輕人，瞧不起父母的同時，但卻又很依賴父母。

005

Track N2 1-05

〜うえ（に）

…而且…、不僅…，而且…、在…之上，又…

➡ {名詞の；形容動詞詞幹な；[形容詞・動詞] 普通形}＋上（に）

【附加】表示追加、補充同類的內容。在本來就有的某種情況之外，另外還有比前面更甚的情況。

1 主婦は、家事の上に育児もしなければなりません。

家庭主婦不僅要做家事，而且還要帶孩子。

N2 日語文法・句型詳解

➡ 例句

2 この部屋は、眺めがいい上に清潔です。 | 這房子不僅景觀好，而且很乾淨。

3 この魚屋の魚は、新鮮な上に値段も安い。 | 這家魚舖賣的魚不但新鮮，而且價錢便宜。

4 先生に叱られた上、家に帰ってから両親にまた叱られた。 | 不但被老師責罵，回到家後又挨爸媽罵了。

5 彼女は美人である上、優しいので、みんなの人気者です。 | 她不但長得漂亮，而且個性溫柔，因此廣受大家的喜愛。

006

Track N2 1-06

● ～うえで（の）

1.在…之後、…以後…、之後（再）…；2.在…過程中…、在…時

➡ ❶【前提】{名詞の；動詞た形}＋上で（の）。表示兩動作間時間上的先後關係。先進行前一動作，後面再根據前面的結果，採取下一個動作，如例(1)、(2)。

❷【目的】{名詞の；動詞辭書形}＋上で（の）。表示做某事是為了達到某種目的，用在敘述這一過程中會出現的問題或注意點，如例(3)～(5)。

1 土地を買った上で、建てる家を設計しましょう。
買了土地以後，再設計房子。

➡ 例句

2 内容をご確認いただいた上で、サインをお願いします。 | 敬請於確認內容以後簽名。

3 工藤から、海外赴任の上でのアドバイスをもらった。 | 工藤給了我關於轉調國外工作時的建議。

4 誠実であることは、生きていく上で大切だ。

秉持誠實是人生的重要操守。

5 商売をする上で、嫌な相手に頭を下げることもあった。

既然是做生意，有時也得向討厭的人低頭。

● 〜うえは

既然…、既然…就…

➔ {動詞普通形}＋上は

【決心】前接表示某種決心、責任等行為的詞，後續表示必須採取跟前面相對應的動作。後句是説話人的判斷、決定或勸告。有接續助詞作用。

1 会社をクビになった上は、屋台でもやるしかない。

既然被公司炒魷魚，就只有開路邊攤了。

➔ 例句

2 やると決めた上は、最後までやり抜きます。

既然決定要做了，就會堅持到最後一刻。

3 日本に留学する上は、きっとペラペラになって帰ってくる。

既然在日本留學，想必將學得一口流利的日語之後歸國。

4 試合に出ると言ってしまった上は、トレーニングをしなければなりません。

既然説要參加比賽，那就得練習了。

5 大臣の不正が明らかになった上は、首相も責任が問われるだろう。

既然部長的舞弊已經遭到了揭發，想必首相也會被追究相關責任吧。

● 〜うではないか、ようではないか

讓…吧、我們（一起）…吧

➡ ｛動詞意向形｝＋うではないか、ようではないか

❶【提議】表示提議或邀請對方跟自己共同做某事，或是一種委婉的命令，常用在演講上，是稍微拘泥於形式的説法，一般為男性使用，如例(1)～(4)。

❷〖口語－うじゃないか等〗口語常説成「～うじゃないか、ようじゃないか」，如例(5)。

1 皆で協力して困難を乗り越えようではありませんか。

讓我們同心協力共度難關吧！

➡ **例句**

2 たいへんだけれど、がんばろうではないか。	雖然很辛苦，我們就加油吧！
3 かかった費用を、会社に請求しようではないか。	花費的費用，就跟公司申請吧！
4 力を合わせて、よりよい社会を作っていこうではありませんか。	我們是不是應該同心協力，一起打造一個更美好的社會呢？
5 よし、その方法でやってみようじゃないか。	好，不妨用那個辦法來試一試吧！

009　　　Track N2 1-09

● **～うる、える**

1. 可能、能、會；2. 難以…

➡ ｛動詞ます形｝＋得る

❶【可能性】表示可以採取這一動作，有發生這種事情的可能性，有接尾詞的作用，如例(1)～(3)。ます形是「えます」，た形是「えた」。

❷【不可能】如果是否定形（只有「～えない」，沒有「～うない」），就表示不能採取這一動作，沒有發生這種事情的可能性，如例(4)、(5)。

❸〖×能力有無〗用在可能性，不用在能力上的有無。

1 コンピューターを使えば、大量のデータを計算し得る。

利用電腦，就能統計大量的資料。

➡ 例句

2 どんなことでもあり得るのが今日の科学の力だ。

現在的科學力量就是無奇不有。

3 澎湖で海割れを見て、モーゼの海割れは起こり得たと思った。

在澎湖目睹分海的奇景，不由得想到了「摩西分紅海」或許真有其事。

4 そんなひどい状況は、想像し得ない。

那種慘狀，真叫人難以想像。

5 その環境では、生物は生存し得ない。

那種環境讓生物難以生存。

010

Track N2 1-10

● 〜おり（に／には）、おりから

1.…的時候；2.正值…之際

➡ **❶【時點】**{名詞；動詞辭書形；動詞た形}＋おり（に／には）、おりから。「折」是流逝的時間中的某一個時間點，表示機會、時機的意思，説法較為鄭重、客氣，如例(1)〜(4)。

❷〔書信固定用語〕{名詞の；[形容詞・動詞]辭書形}＋折から。「折から」大多用在書信中，表示季節、時節的意思，先敘述此天候不佳之際，後面再接請對方多保重等關心話，説法較為鄭重、客氣。由於屬於較拘謹的書面語，有時會用古語形式，如例(5)的「厳しい」可改用古語「厳しき」。

1 先生には3年前に帰国した折、お会いしたきりですね。

跟老師最後一次見面，是在三年前回國的時候了。

➡ 例句

2 上京の折には、ぜひ見学にお越しください。

到東京來的時候，請務必光臨參觀。

3 それについては、また何かの折に改めてお話ししましょう。

關於那件事，再另找機會告訴您吧。

4 入院していたとき、妹が、出産を控えて大変な折にもかかわらず見舞いにきてくれた。

當時住院的時候，儘管妹妹臨盆在即，依然挺著一個大肚子特地來探病。

5 寒さ厳しい折から、お風邪など召しませんよう、お気を付けください。

時序進入嚴寒冬季，請格外留意勿受風寒。

011

● ～か～まいか

要不要…、還是…

➡ {動詞意向形}＋か＋{動詞辭書形；動詞ます形}＋まいか

【意志】表示説話者在迷惘是否要做某件事情，後面可以接「悩む」、「迷う」等動詞。

1 受かったら日本に留学しようかすまいか、どうしようかなあ。

考上後要不要去日本留學呢？該怎麼辦才好？

➡ 例句

2 来ようか来まいか迷ったけれど、来て良かったです。

本來猶豫著該不該來，幸好還是來了。

3 博士を取って、学者になろうかなるまいか。

要不要拿博士、當學者呢？

4 日本の大学を卒業したら、大学院に行こうか行くまいか、迷うなあ。

從日本的大學畢業後，要不要唸研究所，好猶豫啊。

5 目覚ましがなるより早く目が覚めてしまった。起きようか、起きまいか。

比鬧鐘響鈴還早醒過來了，心想到底該起床呢？還是再躺一下呢？

～かいがある、かいがあって

1.總算值得、有了代價、不枉…；2.沒有代價

➡ {名詞の；動詞辭書形；動詞た形}＋かいがある、かいがあって

❶【值得】表示辛苦做了某件事情而有了正面的回報，或是得到預期的結果。有「好不容易」的語感，如例(1)～(3)。

❷【不值得】用否定形時，表示努力了，但沒有得到預期的結果，如例(4)、(5)。

1 いい場所が取れて、朝早く来たかいがあった。

能佔到好地點，一大早就過來總算值得。

➡ 例句

2 おいしいコロッケ食べられて、2時間待ったかいがあった。

能吃到好吃的可樂餅，等了兩個鐘頭總算值得。

3 一日も休まず勉強したかいがあって、志望の大学に合格できた。

不枉費我每天不間斷地讀書，總算考上了想唸的大學。

4 失恋した。もう、生きているかいがない。

我失戀了，再也沒有理由活下去了！

5 看病のかいもなく、娘は死んでしまった。

雖然盡心盡力看護女兒，她終究還是死了。

～がい

有意義的…、值得的…、…有回報的

➡ {動詞ます形}＋がい

【值得】表示做這一動作是值得、有意義的。也就是付出是有所回報，能得到期待的結果的。多接意志動詞。意志動詞跟「がい」在一起，就構成一個名詞。後面常接「（の／が／も）ある」，表示做這動作，是值得、有意義的。

1 やりがいがあると仕事が楽しく進む。

只要是值得去做的工作，做起來便會得心應手。

➜ 例句

2 この子は、教えれば教えるだけ伸びるので、教えがいがある。

這個小孩只要教他就會有顯著的進步，不枉費教導的苦心。

3 みんなおいしそうに食べてくれるから、作りがいがあります。

就因為大家總是吃得津津有味，才覺得辛苦烹調很值得。

4 簡単ではないが、それだけに挑戦しがいのある計画だ。

這計畫雖然不簡單，卻具有挑戰的價值。

5 この子は私の生きがいです。

這孩子是我存活的意義。

014

Track N2
1-14

● ～かぎり

1. 盡…、竭盡…；2. 耗盡；3. 以…為限、到…為止

➜ {名詞の；動詞辭書形}＋限り

❶【極限】表示可能性的極限，如例(1)～(3)。而「見渡す限り」表示一望無際，可以看見的所有範圍，如例(3)。

❷〖慣用表現〗慣用表現「～の限りを尽くす」為「耗盡、費盡」等意，如例(4)。

❸【期限】表示時間或次數的限度，如例(5)。

1 できる限りのことはした。あとは運を天にまかせるだけだ。

我們已經盡全力了。剩下的只能請老天保佑了。

➜ 例句

2 命の限り、戦争の記憶を語り伝えていきたい。

只要還有一口氣在，我希望能把關於戰爭的記憶繼續傳承下去。

3 見渡す限り、青い海と空ばかりだ。

放眼望去，一片湛藍的海天連線。

4 ぜいたくの限りを尽くした王妃も、最期は哀れなものだった。

就連那位揮霍無度的王妃，到了臨死前也令人掬一把同情淚。

5 当店は今月限りで閉店します。

本店將於本月底停止營業。

～かぎり（は／では）

1.只要…就…；2.據…而言

➡ {動詞辭書形；動詞て形＋いる；動詞た形}＋限り（は／では）

❶【限定】表示在前項的範圍內，後項便能成立，有肯定自信的語感，如例(1)、(2)。

❷【範圍】憑自己的知識、經驗等有限範圍做出判斷，或提出看法，常接表示認知行為如「知る（知道）、見る（看見）、聞く（聽說）」等動詞後面，如例(3)、(4)。

❸【決心】表示在前提下，說話人陳述決心或督促對方做某事，如例(5)。

1 太陽が東から昇る限り、私は諦めません。
只要太陽依然從東邊升起，我就絕不放棄。

➡ 例句

2 私がそばにいる限り、君は何も心配しなくていい。

只要有我陪在身旁，你什麼都不必擔心！

3 今回の調査の限りでは、景気はまだ回復しているとは いえない。

就今天的調查結果而言，還無法斷定景氣已經復甦。

4 私の知る限りでは、彼は信頼できる人間です。

就我所知，他是個值得信賴的人。

5 やると言った限りは、必ずやる。

既然說要做了，就言出必行。

016

Track N2
1-16

〜がたい

難以…、很難…、不能…

➡ {動詞ます形}＋がたい

【困難】表示做該動作難度非常高，幾乎是不可能， 或者即使想這樣做也難以實現，一般多用在抽象的事物，為書面用語。

1 彼女との思い出は忘れがたい。

很難忘記跟她在一起時的回憶。

➡ **例句**

2 前回はいいできとは言いがたかったけれども、今回はよく書けているよ。

雖然上一次沒辦法說做得很棒，但這回寫得很好喔！

3 想像しがたくても、これは実際に起こったことだ。

儘管難以想像，這卻是真實發生的事件。

4 それがほんとの話だとは、信じがたいです。

實在很難相信那件事是真的。

5 あなたの考えは、理解しがたい。

你的想法很難懂。

017

Track N2
1-17

〜かとおもうと、かとおもったら

剛一…就…、剛…馬上就…

➡ {動詞た形}＋かと思うと、かと思ったら

【同時】表示前後兩個對比的事情，在短時間內幾乎同時相繼發生，後面接的大多是說話人意外和驚訝的表達。

1 泣いていたかと思うと突然笑い出して、変なやつだ。

還以為她正在哭，沒想到突然又笑了出來，真是個怪傢伙！

➡ 例句

2 帰ってきたかと思うと、トイレにかけ込んだ。	才想説他剛回到家,就已經衝進廁所裡去了。
3 起きてきたかと思ったら、また寝てしまった。	還以為他已經醒了,沒想到又睡著了。
4 空が暗くなったかと思ったら、大粒の雨が降ってきた。	天空才剛暗下來,就下起了大雨。
5 花子は結婚したかと思うと、1週間で離婚した。	才想説花子結婚了,沒想到一個星期就離婚了。

018

Track N2
1-18

● ～か～ないかのうちに

剛剛…就…、一…（馬上）就…

➡ {動詞辞書形}＋か＋{動詞否定形}＋ないかのうちに

【時間的前後】表示前一個動作才剛開始,在似完非完之間,第二個動作緊接著又開始了。

1 試合が開始するかしないかのうちに、1点取られてしまった。

比賽才剛開始,就被得了一分。

➡ 例句

2 酔っぱらって帰り、玄関に入るか入らないかのうちに寝てしまった。	喝得醉醺醺地回來,就在要進不進玄關的那一刻,就睡著了。
3 彼は、サッカー選手を引退するかしないかのうちに、タレントになった。	他才剛從足球職業選手引退,就當起藝人來了。

4 「火事だ！」と誰かが叫んだか叫ばないかの
うちに、工場は爆発した。

就在隱隱約約聽到有人大喊
一聲「失火啦！」的一剎那，
工廠便爆炸了。

5 空がピカッと光ったか光らないかのうちに、
大粒の雨が降ってきた。

就在天空似乎瞬間閃過一道
電光的剎那，豆大的雨滴落
了下來。

019

● ～かねる

難以…、不能…、不便…

➡ {動詞ます形}＋かねる

❶【困難】表示由於心理上的排斥感等主觀原因，或是道義上的責任等客
觀原因，而難以做到某事，如例(1)～(4)。

❷〖衍生－お待ちかね〗「お待ちかね」為「待ちかねる」的衍生用法，
表示久候多時，但請注意沒有「お待ちかねる」這種說法，如例(5)。

1 その案には、賛成しかねます。
那個案子我無法贊成。

➡ 例句

2 突然頼まれても、引き受けかねます。

這突如其來的請託，實在無
法答應下來。

3 患者は、ひどい痛みに耐えかねたのか、う
めき声を上げた。

病患無法忍受劇痛，而發出
了呻吟。

4 もたもたしていたら、見るに見かねて福田
さんが親切に教えてくれた。

瞧我做得拖拖拉拉的，看不
下去的福田小姐很親切地教
了我該怎麼做。

5 じゃーん。お待ちかねのケーキですよ。

來囉！望眼欲穿的蛋糕終於
來囉！

Track N2
1-20

● ～かねない

很可能…、也許會…、說不定將會…

➡ {動詞ます形}＋かねない

【可能】「かねない」是接尾詞「かねる」的否定形。表示有這種可能性或危險性。有時用在主體道德意識薄弱，或自我克制能力差等原因，而有可能做出異於常人的某種事情，一般用在負面的評價。

1 あいつなら、そんなでたらめも言いかねない。
　那傢伙的話就很可能會信口胡說。

➡ **例句**

2 こんな生活をしていると、体を壊しかねませんよ。

要是再繼續過這種生活，說不定會把身體弄壞的哦。

3 そんなむちゃな。命にかかわることにもなりかねないじゃないか。

哪有人這樣亂來的啊！說不定會沒命的耶！

4 勉強しないと、落第しかねないよ。

如果不用功，說不定會留級喔。

5 そういう発言は、誤解されかねませんよ。

那樣的言論恐怕會遭來誤會喔。

Track N2
1-21

● ～かのようだ

像…一樣的、似乎…

➡ {[名詞・形容動詞詞幹]（である）；[形容詞・動詞]普通形}＋かのようだ

❶【比喻】由終助詞「か」後接「…のようだ」而成。將事物的狀態、性質、形狀及動作狀態，比喻成比較誇張的、具體的，或比較容易瞭解的其他事物，經常以「～かのように＋動詞」的形式出現，如例(1)、(2)。

❷〖文學性描寫〗常用於文學性描寫，如例(3)、(4)。

❸〖かのような＋名詞〗後接名詞時，用「～かのような＋名詞」，如例(5)。

N
2

1 母は、何も聞いていないかのように、「お帰り」と言った。

媽媽裝作什麼都沒聽説的樣子，只講了一句「回來了呀」。

➡ 例句

2 その会社は、輸入品を国産であるかのように見せかけて売っていた。

那家公司把進口商品偽裝成國產品販售。

3 池には蓮の花が一面に咲いて、極楽浄土に来たかのようです。

池子裡開滿了蓮花，宛如來到了極樂淨土。

4 祖母の死に顔は安らかで、まるで生きているかのようだった。

祖母過世時的面容安詳，宛如還活著一樣。

5 もう 10 月なのに、夏に逆戻りしたかのような暑さだ。

都已經是十月了，簡直像夏天重新再來一次那樣酷熱。

022

Track N2
1-22

● ～からこそ

正因為…、就是因為…

➡ {名詞だ；形容動辭書形；[形容詞・動詞] 普通形}＋からこそ

❶【原因】表示説話者主觀地認為事物的原因出在何處，並強調該理由是唯一的、最正確的、除此之外沒有其他的了，如例(1)、(2)。

❷〖後接のだ／んだ〗後面常和「のだ／んだ」合用，如例(3)～(5)。

1 交通が不便だからこそ、豊かな自然が残っている。

正因為那裡交通不便，才能夠保留如此豐富的自然風光。

➡ 例句

2 君にだからこそ、話すんです。

正因為是你，所以我才要説。

3 夫婦というのは、仲がいいからこそ、けんかもするものだ。

所謂的夫妻，就是因為感情好，才會吵架。

4 君がかわいいからこそ、いじめたくなるんだ。

正因為妳很可愛，才讓我不禁想欺負妳。

5 精一杯努力したからこそ、第一志望に合格できたのだ。

正因為盡全力地用功，才能考上第一志願。

023

〜からして

從…來看…

➡ {名詞}＋からして

【根據】表示判斷的依據。後面多是消極、不利的評價。

1 あの態度からして、女房はもうその話を知っているようだな。

從那個態度來看，我老婆已經知道那件事了。

➡ **例句**

2 あの人、目つきからして何だかおっかない。

那個人的眼神讓人覺得有點可怕。

3 確率からして、くじに当たるのは難しそうです。

從機率來看，要中彩券似乎是很難的。

4 私に言わせれば、関西と関東は別の国と言ってもいいくらいだ。言葉からして違う。

依我看來，關西和關東甚至可以說是兩個不同的國家，打從語言開始就完全不一樣了。

5 剛力勇？名前からして強そうだ。

剛力勇？這名字看起來好像很強壯喔。

日語文法・句型詳解

● ～からすれば、からすると

1. 從…立場來看；2. 根據…來考慮

➡ {名詞}＋からすれば、からすると

　❶【立場】表示判斷的觀點，如例(1)～(3)。
　❷【根據】表示判斷的根據，如例(4)、(5)。

1 親からすれば、子どもはみんな宝です。

　　對父母而言，小孩個個都是寶。

➡ 例句

2 このホテルは高いということだが、日本の感覚からすると安い。

這家旅館雖然昂貴，但以日本的物價來看，算是便宜的。

3 プロからすると、私たちの野球はとても下手に見えるでしょう。

從職業的角度來看，我們的棒球應該很差吧！

4 あの人の成績からすれば、合格は厳しいでしょう。

從他的成績來看，大概很難考上吧！

5 目撃者の証言からすると、犯人は左利きらしい。

根據目擊者的證詞，嫌犯似乎是個左撇子。

● ～からといって

1.(不能)僅因…就…、即使…，也不能…；3. 説是(因為)…

➡ {[名詞・形容動詞詞幹]だ；[形容詞・動詞]普通形}＋からといって

　❶【原因】表示不能僅僅因為前面這一點理由，就做後面的動作，後面常接否定的説法，如例(1)～(3)。
　❷〖口語－からって〗口語中常用「～からって」，如例(4)。
　❸【引用理由】表示引用別人陳述的理由，如例(5)。

1 読書が好きだからといって、一日中読んでいたら体に悪いよ。

即使愛看書，但整天抱著書看對身體也不好呀！

→ 例句

2 勉強ができるからといって偉いわけではありません。

即使會讀書，不代表就很了不起。

3 負けたからといって、いつまでもくよくよしてはいけない。

就算是吃了敗仗，也不能總是一直垂頭喪氣的。

4 誰も見ていないからって、勝手に持ってっちゃだめだよ。

就算沒有人看見，也不可以擅自帶走喔。

5 頭が痛いからといって、夫は先に寝た。

丈夫說他頭痛，先睡了。

026

Track N2 1-26

● 〜からみると、からみれば、からみて（も）

1. 從…來看、從…來説；2. 根據…來看…的話

→ {名詞} ＋から見ると、から見れば、から見て（も）

❶【立場】 表示判斷的角度，也就是「從某一立場來判斷的話」之意，如例(1)、(2)。

❷【根據】 表示判斷的依據，如例(3)～(5)。

1 子どもたちから見れば、お父さんは神様みたいなものよ。

在孩子們的眼中，爸爸就像天上的神唷。

→ 例句

2 日本人から見ると変な習慣でも、不合理だとは限らない。

從日本人來看覺得奇怪的習俗，也未必表示它就是不合常理的。

3 遺体の状況から見て、眠っているところを刺されたようだ。

從遺體的情況判斷，應該是在睡著的時候遭到刺殺的。

4 道の混み具合から見て、タクシーよりも地下鉄で行った方が早いだろう。

從交通壅塞的狀況來看，與其搭計程車，還是搭地鐵比較快吧。

5 雲の様子から見ると、もうじき雨が降りそうです。

從雲的形狀看起來，好像快要下雨了。

027

● 〜きり〜ない

…之後，再也沒有…、…之後就…

➡ {動詞た形}＋きり〜ない

【無變化】後面接否定的形式，表示前項的動作完成之後，應該進展的事，就再也沒有下文了。

1 彼女とは一度会ったきり、その後会ってない。

跟她見過一次面以後，就再也沒碰過面了。

➡ 例句

2 彼は金を借りたきり、返してくれない。

他錢借了後，就沒還過。

3 子供が遊びに行ったきり、暗くなっても帰って来ない。

孩子出去玩了之後，直到天都黑了都還沒有回家。

4 今朝コーヒーを飲んだきりで、その後何も食べていない。

今天早上，只喝了咖啡，什麼都沒吃。

5 この辺りでは雪は珍しく、11年前に少し降ったきりだ（≒降ったきり、その後降っていない）。

這附近很少下雪，只曾經在十一年前下過一點小雪而已。

● ～くせして

只不過是⋯、明明只是⋯、卻⋯

➡ {名詞の；形容動詞詞幹な；[形容詞・動詞] 普通形}＋くせして

【不符意料】表示後項出現了從前項無法預測到的結果，或是不與前項身分相符的事態。帶有輕蔑、嘲諷的語氣。

1 ブスで頭も悪いくせして、かっこうよくて金持ちの
   男と付き合いたがっている。

   明明又醜又笨，卻想和帥氣多金的男人交往。

➡ 例句

N2

2 まだ子どものくせして、生意気なことを言うな。

只不過還是個孩子，少説些狂妄的話。

3 橋本さん、下手なくせして、私より高いバイオリン 使ってる。

橋本小姐的琴藝那麼差，卻用比我還貴的小提琴。

4 いつも人に金を借りているくせして、あんな高級車に乗るなんて。

明明就老是在跟別人借錢，卻能搭那種高級轎車。

5 自分ではできないくせして、文句言うんじゃない。

你自己根本辦不到，還好意思發牢騷！

● ～げ

…的感覺、好像…的樣子

➡ {[形容詞・形容動詞] 詞幹；動詞ます形}＋げ

【樣子】表示帶有某種樣子、傾向、心情及感覺。書寫語氣息較濃。但要注意「かわいげ」（討人喜愛）與「かわいそう」（令人憐憫的）兩者意思完全不同。

1 かわいげのない女は嫌いだ。

我討厭不可愛的女人。

➡ 例句

2 弟は、「この小説、半分くらい読んだところで犯人分かった」と不満げに言った。

弟弟大表不滿地說：「這本小説差不多看到中間，就知道凶手是誰了！」

3 老人は寂しげに笑った。

老人寂寞地笑著。

4 「結婚しよう」と言うと、彼女はうれしげに「うん」とうなずいた。

對女友說「我們結婚吧」，她開心地「嗯」了一聲，點頭答應了。

5 伊藤くんが、自信ありげな表情で手を上げました。

伊藤露出自信滿滿的神情，舉起了手。

030

Track N2 1-30

● ～ことから

1.…是由於…；2. 從…來看、因為…；3. 根據…來看

➡ {名詞である；形容動詞詞幹な；[形容詞・動詞] 普通形} ＋ことから

❶【由來】用於説明命名的由來，如例(1)、(2)。
❷【理由】表示後項事件因前項而起，如例(3)。
❸【根據】根據前項的情況，來判斷出後面的結果或結論，如例(4)。也可表示因果關係，如例(5)。

1 日本は、東の端に位置することから「日の本」という名前が付きました。

日本是由於位於東邊，所以才將國號命名為「日之本」（譯注：意指太陽出來的地方。）

➡ 例句

2 きのこは、木<ruby>き<rt></rt></ruby>に生<ruby>は<rt></rt></ruby>えることから「木<ruby>き<rt></rt></ruby>の子<ruby>こ<rt></rt></ruby>」とよばれるようになった。

菇類因為長在木頭上，所以在日文裡被稱做「木之子」。

3 つまらないことから大<ruby>おお<rt></rt></ruby>げんかになってしまいました。

從雞毛蒜皮小事演變成了一場大爭吵。

4 顔<ruby>かお<rt></rt></ruby>がそっくりなことから、双子<ruby>ふたご<rt></rt></ruby>だと分<ruby>わ<rt></rt></ruby>かった。

根據長得很像來看，所以知道是雙胞胎。

5 電車<ruby>でんしゃ<rt></rt></ruby>が通<ruby>とお<rt></rt></ruby>ったことから、不動産<ruby>ふどうさん<rt></rt></ruby>の値段<ruby>ねだん<rt></rt></ruby>が上<ruby>あ<rt></rt></ruby>がった。

自從電車通車了以後，房地產的價格就上漲了。

031

Track N2 1-31

● ～ことだから

1. 因為是…，所以…；2. 由於

➡ {名詞の}＋ことだから

❶【根據】表示自己判斷的依據。主要接表示人物的詞後面，前項是根據説話雙方都熟知的人物的性格、行為習慣等，做出後項相應的判斷，如例(1)～(3)。

❷【理由】表示理由，由於前項狀況、事態，後項也做與其對應的行為，如例(4)、(5)。

1 主人<ruby>しゅじん<rt></rt></ruby>のことだから、また釣<ruby>つ<rt></rt></ruby>りに行<ruby>い<rt></rt></ruby>っているのだと思<ruby>おも<rt></rt></ruby>います。

我想我老公一定又去釣魚了吧！

➡ 例句

2 責任感<ruby>せきにんかん<rt></rt></ruby>の強<ruby>つよ<rt></rt></ruby>い彼<ruby>かれ<rt></rt></ruby>のことだから、役目<ruby>やくめ<rt></rt></ruby>をしっかり果<ruby>は<rt></rt></ruby>たすだろう。

因為是責任感強的他，所以一定能完成使命吧！

3 あなたのことだから、きっと夢を実現させ
るでしょう。

因為是你，所以一定可以讓夢想實現吧！

4 戦争中のことだから、何が起こるか分から
ない。

畢竟當時正值戰亂，發生什麼樣的情況都是有可能的。

5 今年はうちの商品ずいぶん売れたことだか
ら、きっとボーナスもたくさん出るだろう。

今年我們公司的產品賣了不少，想必會發很多獎金吧。

032

● ～ことに（は）

令人感到…的是…

➡ {形容詞辭書形；形容動詞詞幹な；動詞た形}＋ことに（は）

【感想】接在表示感情的形容詞或動詞後面，表示説話人在敘述某事之前的心情。書面語的色彩濃厚。

1 うれしいことに、仕事はどんどん進みました。

高興的是，工作進行得很順利。

➡ 例句

2 お恥ずかしいことに、妻とけんかして、も
う三日も口をきいていないんです。

説來其實是家醜……我和妻子吵架，已經整整三天都沒講過話了。

3 残念なことに、この区域では携帯電話が使
えない。

可惜的是，這個區域不能使用手機。

4 驚いたことに、町はたいへん発展していま
した。

令人驚訝的是，城鎮蓬勃地發展了起來。

5 あきれたことには、中学レベルの数学を教
えている大学もあるそうだ。

令人震撼的是，聽説甚至有大學教的數學是中學程度。

～こと (も) なく

不…、不…（就）…、不…地…

➡ {動詞辭書形}＋こと (も) なく

【附帶】表示從來沒有發生過某事。書面語感強烈。

1 立ち止まることなく、未来に向かって歩いていこう。

不要停下腳步，朝向未來邁進吧！

➡ **例句**

2 この工場は、24 時間休むことなく製品を供給できます。	這個工廠，可以二十四小時無休地提供產品。
3 あなたなら、誰にも頼ることなく仕事をやっていけるでしょう。	如果是你的話，工作可以不依賴任何人吧！
4 ゴッホは、売れなくてもあきらめることなく絵を描き続けた。	梵谷即使作品賣不掉，依舊毫不洩氣地持續作畫。
5 旅行は、雨が降ったり体調を崩したりすることもなく、順調でした。	這趟旅行既沒遇到下雨，身體也沒有出狀況，一切順利。

～ざるをえない

1. 不得不…、只好…、被迫…；2. 不…也不行

➡ {動詞否定形 (去ない)}＋ざるを得ない

❶ **【強制】**「ざる」是「ず」的活用形。「得ない」是「得る」的否定形。表示除此之外，沒有其他的選擇。有時也表示迫於某壓力或情況，而違背良心地做某事，如例(1)～(3)。

❷ 〖**自然而然**〗表示自然而然產生後項的心情或狀態，如例(4)。

❸ 〖**サ變動詞－せざるを得ない**〗前接サ行變格動詞要用「～せざるを得ない」，如例(5)（但也有例外，譬如前接「愛する」，要用「愛さざるを得ない」）。

1 上司の命令だから、やらざるを得ない。

既然是上司的命令，也就不得不遵從了。

➔ **例句**

2 不景気でリストラを実施せざるを得ない。

由於不景氣，公司不得不裁員。

3 みんなで決めたルールだから、守らざるを得ない。

既然是大家共同決定的規則，就非遵守不可。

4 これだけ説明されたら、信じざるを得ない。

都解釋這麼多了，叫人不信也不行了。

5 香川雅人と上戸はるかが主役となれば、これは期待せざるを得ませんね。

既然是由香川雅人和上戶遙擔綱主演，這部戲必定精采可期！

035

Track N2
1-35

● ～しだい

要看…如何；馬上…、一…立即、…後立即…

➔ {動詞ます形}＋次第

❶【時間的前後】表示某動作剛一做完，就立即採取下一步的行動，也就是一旦實現了前項，就立刻進行後項，前項為期待實現的事情。

❷『×後項過去式』後項不用過去式、而是用委託或願望等表達方式。

1 バリ島に着き次第、電話します。

一到巴里島，馬上打電話給你。

➔ **例句**

2 （上司に向かって）先方から電話が来次第、ご報告いたします。

（對主管說）等對方來電聯繫了，會立刻向您報告。

3 全員が集まり次第、会議を始めます。

等全體人員到齊之後，才開始舉行會議。

4 雨が止み次第、出発しましょう。

雨一停就馬上出發吧！

○ 〜しだいだ、しだいで（は）

全憑…、要看…而定、決定於…

➡ {名詞}＋次第だ、次第で（は）

❶【經由】表示行為動作要實現，全憑「次第だ」前面的名詞的情況而定，如例(1)～(4)。

❷〖諺語〗「地獄の沙汰も金次第」（有錢能使鬼推磨）為相關諺語，如例(5)。

1 一流の音楽家になれるかどうかは、才能次第だ。

能否成為頂尖的音樂家，端看才華如何。

➡ 例句

2 合わせる小物次第でオフィスにもデートにも着回せる便利な１着です。

依照搭襯不同的配飾，這件衣服可以穿去上班，也可以穿去約會，相當實穿。

3 今度の休みに温泉に行けるかどうかは、お父さんの気分次第だ。

這次假期是否要去溫泉旅遊，一切都看爸爸的心情。

4 気温次第で、作物の生長は全然違う。

在不同的氣溫環境下，作物的生長情況完全不同。

5 「犯人が保釈されたんだって？」「『地獄の沙汰も金次第』ってことだよ。」

「什麼？凶手交保了？」「這就是所謂的『有錢能使鬼推磨』啊！」

037

～しだいです

由於…、オ…、所以…

➡ {動詞普通形；動詞た形；動詞ている}＋次第です

【原因】解釋事情之所以會演變成如此的原由。是書面用語，語氣生硬。

1 そういうわけで、今の仕事に就いた次第です。

　因為有這樣的原因，才從事現在的工作。

➡ 例句

2 取り急ぎ御礼申し上げたく、メール差し上げた次第です。

由於急著想向您道謝，所以寄電子郵件給您。

3 このたび、この地区の担当になりましたので、ご挨拶に伺った次第です。

我是剛剛接任本地區的負責人，特此前來拜會。

4 100万円ほど貸していただきたく、お願いする次第です。

想向您借一百萬日圓左右，拜託您了。

5 自分のほしい商品がなかったので、それなら自分で作ろうと思った次第です。

因為找不到自己想要的商品，心想既然如此，不如自己來做。

038

～じょう (は／では／の／も)

從…來看、出於…、鑑於…上

➡ {名詞}＋上 (は／では／の／も)

【觀點】表示就此觀點而言。

1 経験上、練習を三日休むと体がついていかなくなる。

　根據經驗，只要三天不練習，身體就會跟不上。

➡ 例句

2 その話は、ネット上では随分前から騒がれていた。	那件事，在網路上從很早以前就鬧得沸沸揚揚了。
3 予算の都合上、そこは我慢しよう。	依照預算額度，那部分只好勉強湊合了。
4 たばこは、健康上の害が大きいです。	香菸對健康會造成很大的傷害。
5 記録上は病死だが、殺されたのではという噂がささやかれている。	文件上寫的是因病而亡，但人們私下傳言或許是被殺死的。

● 〜すえ（に／の）

經過…最後、結果…、結局最後…

➡ {名詞の}＋末（に／の）；{動詞た形}＋末（に／の）

❶【結果】表示「經過一段時間，最後…」之意，是動作、行為等的結果，意味著「某一期間的結束」，為書面語，如例(1)～(4)。

❷〖末の＋名詞〗後接名詞時，用「〜末の＋名詞」，如例(5)。

1 工事は、長期間の作業の末、完了しました。

經過了長時間的作業，這項工程終於完工了。

➡ 例句

2 来月の末にお店を開けるように、着々と準備を進めている。	為了趕及下個月底開店，目前正在積極籌備當中。
3 悩んだ末に、会社を辞めることにした。	煩惱了好久，到最後決定辭去工作了。

4 別れる別れないと大騒ぎをした末、結局彼らは仲良くやっている。

一下要分手，一下不分手的鬧了老半天，結果他們又和好如初了。

5 長年の努力の末の成功ですから、本当にうれしいです。

畢竟是在多年的努力下才成功的，真的很開心。

040

● ～ずにはいられない

不得不…、不由得…、禁不住…

➡ {動詞否定形 (去ない)}＋ずにはいられない

❶【強制】表示自己的意志無法克制，情不自禁地做某事，為書面用語，如例(1)。

❷〖反詰語氣去は〗用於反詰語氣（以問句形式表示肯定或否定），不能插入「は」，如例(2)。

❸〖自然而然〗表示動作行為者無法控制所呈現自然產生的情感或反應等，如例(3)～(5)。

1 すばらしい風景を見ると、写真を撮らずにはいられません。

一看到美麗的風景，就禁不住想拍照。

➡ 例句

2 いつまで経っても景気が回復しない。政府は何をやってるんだ。これが怒らずにはいられるか。

已經過了那麼久景氣還沒復甦，政府到底在幹什麼啊！這讓人怎麼不生氣呢！

3 この漫画は、読むと笑わずにはいられない。

這部漫畫任誰看了都會大笑。

4 君のその輝く瞳を見ると、愛さずにはいられないんだ。

看到妳那雙閃亮的眼眸，教人怎能不愛呢？

5 あまりにも無残な姿に、目をそむけずにはいられなかった。

那慘絕人寰的狀態，實在讓人目不忍視。

041

● ～そうにない、そうもない

不可能…、根本不會…

➡ {動詞ます形；動詞可能形詞幹} ＋そうにない、そうもない

【可能性】表示説話者判斷某件事情發生的機率很低，或是沒有發生的跡象。

1 明日はいよいよ出発だ。今夜はドキドキして眠れそうにない。

明天終於要出發了。今晚興奮到睡不著。

➡ **例句**

2 昨日からずっと雨が降っているが、まだやみそうにない。

從昨天開始就一直在下雨，這雨看來還不會停。

3 こんなに難しい仕事は、私にはできそうもありません。

這麼困難的工作，我根本就辦不到。

4 あんなにすてきな人に、「好きです」なんて言えそうにないわ。

我是不可能對那麼出色的人說「我喜歡你」的。

5 まだこんなに仕事が残っている。今夜は帰れそうもない。

工作還剩下那麼多，看來今天晚上沒辦法回家了。

042

● ～だけあって

不愧是…；也難怪…

➡ {名詞；形容動詞詞幹な；[形容詞・動詞]普通形} ＋だけあって

N
2

39

【符合期待】表示名實相符，後項結果跟自己所期待或預料的一樣，一般用在積極讚美的時候。副助詞「だけ」在這裡表示與之名實相符。

1 この辺は、商業地域だけあって、とてもにぎやかだ。

這附近不愧是商業區，相當熱鬧。

➡ 例句

2 さすが作家だけあって、文章がうまい。

不愧是作家，文章寫得真精采！

3 高いだけあって、食品添加物や防腐剤は一切含まれていません。

到底是價格高昂，裡面完全不含任何食品添加物或防腐劑。

4 国際交流が盛んだけあって、この大学には外国人が多い。

由於國際交流頻繁，因此這所大學裡有許多外國人。

5 プロを目指しているだけあって、歌がうまい。

不愧是立志成為專業歌手的人，歌唱得真好！

043

Track N2
1-43

● ～だけでなく

不只是…也…、不光是…也…

➡ {名詞；形容動詞詞幹な；[形容詞・動詞] 普通形} ＋だけでなく

【附加】表示前項和後項兩者皆是，或是兩者都要。

1 あの番組はゲストだけでなく、司会者も大物です。

那個節目不只是來賓，連主持人都是大牌人物。

➡ 例句

2 責任は幹部だけでなく、従業員にもある。

責任不只在幹部身上，也在一般員工身上。

3 頭がいいだけでなく、スポーツも得意だ。

不但頭腦聰明，也擅長運動。

4 僕はピーナッツが嫌いなだけでなく、食べると赤いブツブツが出るんです。

我不但討厭花生，而且只要吃了就會冒出紅疹子。

5 夫は、殴るだけでなくお金も全部使ってしまうんです。

我先生不但會打我，還把生活費都花光了。

～だけに

1. 到底是…、正因為…，所以更加…；2. 由於…，所以特別…

➡ {名詞；形容動詞詞幹な；[形容詞・動詞] 普通形} ＋だけに

❶【原因】表示原因。表示正因為前項，理所當然地有相應的結果，或有比一般程度更深的後項的狀況，如例(1)～(4)。

❷【反預料】表示結果與預料相反、事與願違。大多用在結果不好的情況，如例(5)，但也可以用在結果好的情況。

1 役者としての経験が長いだけに、演技がとてもうまい。
正因為有長期的演員經驗，所以演技真棒！

➡ 例句

2 有名な大学だけに、入るのは難しい。

正因為是著名的大學，所以特別難進。

3 大スターだけに、舞台に出てきただけで何だか空気が変わる。

不愧是大明星，一出現在舞台上，全場的氣氛就倏然一變。

4 彼は政治家としては優秀なだけに、今回の汚職は大変残念です。

正因為他是一名優秀的政治家，所以這次的貪污事件更加令人遺憾。

5 小さいころからやっているだけに、ピアノが上手だ。

由於從小就練鋼琴，所以彈得很好。

N
2

045

～だけのことはある、だけある

到底沒白白…、值得…、不愧是…、也難怪…

➜ {名詞；形容動詞詞幹な；[形容詞・動詞] 普通形}＋だけのことはある、だけある

❶【符合期待】表示與其做的努力、所處的地位、所經歷的事情等名實相符，對其後項的結果、能力等給予高度的讚美，如例(1)～(4)。

❷〖負面〗可用於對事物的負面評價，表示理解前項事態，如例(5)。

1 あの子は、習字を習っているだけのことはあって、字がうまい。

那孩子到底沒白白學書法，字真漂亮。

➜ 例句

2 簡単な曲だけど、私が弾くのと全然違う。プロだけのことはある。

雖然是簡單的曲子，但是由我彈起來卻完全不是同一回事。專家果然不同凡響！

3 よく飽きないね。好きなだけのことはある。

你怎麼都不會膩啊？那果真是你打從心底喜歡的事。

4 頭がいいしやる気もある。社長が娘の婿にと考えるだけある。

不但聰明而且幹勁十足，不愧是總經理心目中的女婿人選。

5 5回洗濯しただけで穴が開くなんて、安かっただけあるよ。

只不過洗了五次就破洞了，果然是便宜貨！

046

～だけましだ

幸好、還好、好在…

➡ {形容動詞詞幹な；[形容詞・動詞] 普通形}＋だけましだ

【程度】表示情況雖然不是很理想，或是遇上了不好的事情，但也沒有差到什麼地步，或是有「不幸中的大幸」。有安慰人的感覺。

1 たとえ第三志望でも、君は行く大学があるだけましだよ。僕は全部落ちちゃったよ。

　就算是第三志願，你有大學能唸已經很幸運了。我全部落榜了呢。

➡ 例句

2 この店は、おいしいというほどではないけれど、安いだけましだ。

這家店雖然稱不上好吃，但還算便宜。

3 津波に家を流されたけれど、家族みんな無事なだけましだった。

雖然房子被海嘯捲走了，但還好全家人都平安無事。

4 今年入社した福山さんは、仕事は遅いけれど、素直なだけましだ。

今年剛進公司的福山先生雖然工作效率不高，不過為人還算忠厚。

5 咳と鼻水がひどいけど、熱がないだけましだ。

雖然咳嗽和流鼻水的情形很嚴重，但還好沒有發燒。

N2

Track N2
1-47

● ～たところが

可是…、然而…

➡ {動詞た形}＋たところが

【期待】這是一種逆接的用法。表示因某種目的作了某一動作，但結果與期待相反之意。後項經常是出乎意料之外的客觀事實。

1 彼のために言ったところが、かえって恨まれてしまった。

　為了他好才這麼說的，誰知卻被他記恨。

例句

2 適当な店に入ったところが、びっくりする
ほどおいしかった。

隨便找一家店進去吃，沒想到居然出奇好吃。

3 涼しいと思って行ったところが、毎日 30 度
以上だった。

原本以為那地方天氣涼爽，去到那裡居然天天都超過三十度。

4 憧れのスターに手紙を書いたところが、
手書きの返事が来た。

寫了信給喜歡的明星，沒想到居然收到了親筆回信。

5 大して勉強しなかったところが、成績は
思ったより悪くなかった。

雖然沒有使力唸書，但是成績並非想像的差。

048

Track N2
1-48

～っこない

不可能…、決不…

{動詞ます形}＋っこない

【可能性】 表示強烈否定，某事發生的可能性。一般用於口語，用在關係比較親近的人之間。

1 こんな長い文章、すぐには暗記できっこないです。

這麼長的文章，根本沒辦法馬上背起來呀！

例句

2 どんなに勉強しても、アメリカ人と同じに
は英語をしゃべれっこない。

不管再怎麼努力學習英語，也不可能和美國人講得一樣流利。

3 スターに手紙を書いても、本人からの返事
なんて来っこないよ。

就算寫信給明星，也不可能會收到他本人的回信。

4 どんなに急いだって、間に合いっこないよ。

不管怎麼趕，都不可能趕上的。

5 3億円の宝くじなんて、当たりっこないよ。

高達三億圓的彩金，怎麼可能會中獎呢。

● 〜つつある

正在…

➡ {動詞ます形}＋つつある

【繼續】 接繼續動詞後面，表示某一動作或作用正向著某一方向持續發展，為書面用語。相較於「〜ている」表示某動作做到一半，「〜つつある」則表示正處於某種變化中，因此，前面不可接「食べる、書く、生きる」等動詞。

1 経済は、回復しつつあります。

經濟正在復甦中。

➡ **例句**

2 一生結婚しない人が増えつつある。

一輩子不結婚的人數正持續增加當中。

3 この町の生活環境は悪化しつつある。

這個城鎮的生活環境正在持續惡化中。

4 方言はどんどん失われつつある。

方言正逐漸消失中。

5 二酸化炭素の排出量の増加に伴って、地球温暖化が進みつつある。

隨著二氧化碳排放量的增加，地球暖化現象持續惡化。

● 〜つつ（も）

1. 儘管…、雖然…；2. 一邊…一邊…

N 2

➡ {動詞ます形}＋つつ（も）

❶【反預料】表示逆接，用於連接兩個相反的事物，如例(1)〜(3)。

❷【同時】表示同一主體，在進行某一動作的同時，也進行另一個動作，這時只用「つつ」，不用「つつも」，如例(4)、(5)。

1 身分が違うと知りつつも、好きになってしまいました。

雖然知道彼此的家世背景有落差，但還是愛上他了。

➡ 例句

2 ちょっとだけと言いつつ、たくさん食べてしまった。

我一面說只嚐一點點就好，卻還是吃了一大堆。

3 やらなければならないと思いつつ、今日もできなかった。

儘管知道得要做，但今天還是沒做。

4 彼は酒を飲みつつ、月を眺めていた。

他一邊喝酒，一邊賞月。

5 給料日前なので、買い物は財布の中身を考えつつしないといけない。

由於還沒到發薪日，因此買東西時必須掂一掂錢包裡的鈔票才行。

051

Track N2
1-51

● ～て（で）かなわない

…得受不了、…死了

➡ {形容詞く形}＋てかなわない；{形容動詞詞幹}＋でかなわない

【強調】表示情況令人感到困擾或無法忍受。敬體用「～てかなわないです」、「～てかないません」。

1 毎日の生活が退屈でかなわないです。

每天的生活都無聊得受不了。

⇒ 例句

2 このごろ、両親が「ケッコン、ケッコン」
とうるさくて　かなわない。

> 這陣子真受不了爸媽成天把
> 「結婚、結婚」這兩個字掛在
> 嘴邊催我結婚。

3 歯が痛くてかなわない。

> 牙齒疼得受不了。

4 髪が伸びて邪魔でかなわないから、明日切
りに行こう。

> 頭髮長長了實在是很礙事，
> 明天去剪吧。

5 このコンピューターは、遅くて不便でかな
わない。

> 這台電腦跑很慢，實在是很
> 不方便。

052

Track N2
1-52

● ～てこそ

只有…才（能）、正因為…才…

⇒ {動詞て形}＋こそ

【強調】由接續助詞「て」後接提示強調助詞「こそ」表示由於實現了前
項，從而得出後項好的結果。「てこそ」後項一般接表示褒意或可能的
內容。是強調正是這個理由的說法。

1 人は助け合ってこそ、人間として生かされる。

> 人們必須互助合作才能得到充分的發揮。

⇒ 例句

2 目標を達成してこそ、大きな満足感が得ら
れる。

> 正因為達成目標，才能得到
> 大大的滿足感。

3 口先だけでなく、行動で示してこそ、信頼
してもらえる。

> 不單是動嘴，還要採取行動
> 表現出來，才能受到信賴。

4 努力を積み重ねてこそ、よい結果が出せる。

> 要日積月累的努力才會得到
> 好成果。

5 ダイエットは、継続してこそ成果が得られ | 減重只有持之以恆，才會有
　る。 | 成效。

〜て（で）しかたがない、て（で）しょうがない、て（で）しようがない

…得不得了

➡ {形容動詞詞幹；形容詞て形；動詞て形}＋て（で）しかたがない、て（で）しょうがない、て（で）しようがない

❶【強調心情】表示心情或身體，處於難以抑制，不能忍受的狀態，為口語表現。使用頻率依序為：「て（で）しょうがない」、「て（で）しかたがない」、「て（で）しようがない」，其中「〜て（で）しょうがない」使用頻率最高，如例(1)～(4)。形容詞、動詞用「て」接續，形容動詞用「で」接續。

❷〔發音差異〕請注意「〜て（で）しようがない」與「〜て（で）しょうがない」意思相同，發音不同，如例(5)。

1 彼女のことが好きで好きでしょうがない。

我喜歡她，喜歡到不行。

➡ 例句

2 蚊に刺されたところがかゆくてしかたがない。 | 被蚊子叮到的地方癢得要命。

3 ふるさとが恋しくてしょうがない。 | 非常、非常思念故鄉。

4 何だか最近いらいらしてしょうがない。 | 不知道為什麼，最近心情煩躁得要命。

5 母からの手紙を読んで、泣けてしようがなかった。 | 讀著媽媽寫來的信，哭得不能自己。

～てとうぜんだ、てあたりまえだ

難怪…、本來就…、…也是理所當然的

➡ {形容動詞詞幹}＋で当然だ、で当たり前だ；{[動詞・形容詞]て形}＋
当然だ、当たり前だ

【理所當然】表示前述事項自然而然地就會導致後面結果的發生，這樣
的演變是合乎邏輯的。

1 やせたいからといって食事を一日一食にする
なんて、倒れて当然だ。

雖説想減肥，但一天只吃一餐，難怪會病倒。

➡ **例句**

2 両親が美男美女だもの、息子がハンサムで
当然だ。

爸媽都是俊男美女嘛，兒子
長得帥也是理所當然的呀。

3 外国語の学習は、時間がかかって当然だ。

學習外語本來就要花時間。

4 毎回おごってもらって当たり前だと思って
いるような女の子は、ちょっとなあ。

實在不太能苟同那種每次聚餐
都認為別人請客是天經地義的
女孩。

5 彼は頭がいいから、東大に合格できて当然
だ。

他頭腦很好，考上東大也是
理所當然。

～て（は）いられない、てられない、てらんない

不能再…、哪還能…

➡ {動詞て形}＋（は）いられない、られない、らんない

❶【強制】表示無法維持某個狀態，如例(1)～(3)。
❷〖口語－てられない〗「～てられない」為口語説法，是由「～ていら
れない」中的「い」脱落而來的，如例(4)。
❸〖口語－てらんない〗「～てらんない」則是語氣更隨便的口語説法,如例(5)。

N2 日語文法・句型詳解

1 心配で心配で、家でじっとしてはいられない。

擔心的不得了，在家裡根本待不住。

➡ 例句

2 （夫婦の片方が）ああっ、いびきがうるさくて寝ていられない！

（夫妻的其中一人）哎，打呼聲吵死人了，這要我怎麼睡嘛！

3 えっ、スーパーで今日だけお肉半額？こうしちゃいられない、買いに行かなくちゃ！

什麼，超市只限今天肉品半價？我可不能在這裡蘑菇了，得趕快去買才行！

4 忙しくて、ゆっくり家族旅行などしてられない。

這麼忙，哪有時間悠閒地來個家族旅行什麼的。

5 5年後の優勝なんて待ってらんない。

等不及五年後要取得冠軍了。

● ～てばかりはいられない、てばかりもいられない

不能一直…、不能老是…

➡ {動詞て形}＋ばかりはいられない、ばかりもいられない

【強制】表示不可以過度、持續性地、經常性地做某件事情。

1 忙しいからって、部長のお誘いを断ってばかりはいられない。

雖説很忙碌，但也不能一直拒絕部長的邀約。

➡ 例句

2 明日は試験があるから、こんなところで遊んでばかりはいられない。

明天要考試，不能在這裡一直玩耍。

3 日曜日だけど、寝てばかりもいられない。
1週間分たまっている洗濯をしなくちゃ。

雖然是星期天，但沒辦法整天睡懶覺，得把積了一整個星期的髒衣服洗一洗才行。

4 いつまでも親に甘えてばかりもいられない。

也不能一直依賴父母。

5 子供が生まれてうれしいが、お金のことを考えると喜んでばかりもいられない。

孩子出生雖然開心，但一想到養育費，似乎也無法光顧著高興。

～てはならない

不能…、不要…、不許、不應該

→ {動詞て形}＋はならない

【禁止】為禁止用法。表示有義務或責任，不可以去做某件事情。敬體用「～てはならないです」、「～てはなりません」。

1 人と違ったことをするのを恐れてはならない。

不要害怕去做和別人不一樣的事情。

→ 例句

2 試合が終わるまで、一瞬でも油断してはならない。

在比賽結束之前，一刻也不能鬆懈。

3 昔話では、「見てはならない」と言われたら必ず見ることになっている。

在老故事裡，只要被叮囑「絕對不准看」，就一定會忍不住偷看。

4 夢がかなうまで諦めてはなりません。

在實現夢想之前不要放棄。

5 パンドラは、開けてはならないと言われていた箱を開けてしまいました。

潘朵拉是指一只據說絕對不能打開的盒子，結果卻被打開了。

● ～てまで、までして

到…的地步、甚至…、不惜…

➡ ❶【強調輕重】{動詞て形}＋まで、までして。前接動詞時，用「～てまで」，如例(1)～(4)。

❷【指責】{名詞}＋までして。表示為了達到某種目的，採取令人震驚的極端行為，或是做出相當大的犧牲，如例(5)。

1 女の人はなぜ痛い思いをしてまで子供を産みたがるのだろう。

女人為何不惜痛苦也想生孩子呢？

➡ 例句

2 あそこの店は確かにおいしいが、並んでまで食べたい とは思わない。

那一家店確實好吃，但我可不想為了它還得排隊。

3 整形手術をしてまで、美しくなりたいとは思いません。

我沒有想變漂亮想到要整形動刀的地步。

4 映画の仕事は、彼が家出をしてまでやりたかったこと なのだ。

從事電影相關工作，是他不惜離家出走也想做的事。

5 人殺しまでして、金がほしかったのか。

難道不惜殺人，也要把錢拿到手嗎？

● ～といえば、といったら

談到…、提到…就…、說起…、(或不翻譯)

➡ {名詞}＋といえば、といったら

【話題】用在承接某個話題，從這個話題引起自己的聯想，或對這個話題進行說明。

1 京都の名所といえば、金閣寺と銀閣寺でしょう。

提到京都名勝，那就非金閣寺跟銀閣寺莫屬了！

➡ 例句

2 台湾の観光スポットといえば、故宮と台北101でしょう。

提到台灣的觀光景點，就會想到故宮和台北101吧。

3 意地悪な人といえば、高校の数学の先生を思い出す。

説到壞心眼的人，就想起高中的數學老師。

4 日本料理といったら、おすしでしょう。

談到日本料理，那就非壽司莫屬了。

5 好きな作家といったら、川端康成です。

要説我喜歡的作家，就是川端康成。

060

Track N2
1-60

● 〜というと、っていうと

你説…；提到…、要説…、説到…

➡ {名詞}＋というと、っていうと

❶【確認】 用於確認對方的發話內容，説話人再提出疑問、質疑等，如例(1)～(3)。

❷【話題】 表示承接話題的聯想，從某個話題引起自己的聯想，或對這個話題進行説明，如例(4)、(5)。

1 堺照之というと、このごろテレビでよく見かけるあの堺照之ですか。

你説的那個堺照之，是最近常在電視上看到的那個堺照之嗎？

➡ 例句

2 バスがストライキというと、どうやって会社に行ったらいいんだ？

説到巴士罷工這件事，那麼該怎麼去公司才好呢？

3 会えないっていうと？そんなにご病気重いんですか。

説是沒辦法見面？ 當真病得那麼嚴重嗎？

4 古典芸能というと、やはり歌舞伎でしょう。

提到古典戲劇，就非歌舞伎莫屬了。

5 英語ができるっていうと、山崎さん、TOEIC850なんだってよ。

說到擅長英文，據說山崎小姐的多益成績是 850 分喔。

061

● **～というものだ**

也就是…、就是…

➡ {名詞；形容動詞詞幹；動詞辭書形}＋というものだ

❶【說明】表示對事物做出看法或批判，是一種斷定說法，不會有過去式或否定形的活用變化，如例(1)～(4)。

❷〖口語－ってもん〗「ってもん」是種較草率、粗魯的說法，是先將「という」變成「って」，再接上「もの」轉變的「もん」，如例(5)。

1 この事故で助かるとは、幸運というものです。

能在這事故裡得救，算是幸運的了。

➡ **例句**

2 困った時には助け合ってこそ、真の夫婦というものだ。

有困難的時候互相幫助，這才叫做真正的夫妻。

3 コネで採用されるなんて、ずるいというものだ。

透過走後門找到工作，實在是太狡猾了。

4 18歳で結婚なんて、早過ぎるというものだ。

在十八歲時結婚，這樣實在太早了。

5 地球は自分を中心に回っているとでも思ってるの？大間違いってもんよ。

他以為地球是繞著他轉的啊？真是大錯特錯啦！

● ～というものではない、というものでもない

…可不是…、並不是…、並非…

➡ {[名詞・形容詞・形容動詞・動詞] 假定形}…{[名詞・形容動詞詞幹]（だ）；
形容詞辭書形}＋というものではない、というものでもない

【部分否定】表示對某想法或主張，不能説是非常恰當，不完全賛成。

1 結婚すれば幸せというものではないでしょう。

　結婚並不代表獲得幸福吧！

➡ 例句

2 警察は常に正義の味方だというものでもない。	警察並非永遠都是正義的一方。
3 年上だからといって、いばってよいというものではない。	並不是稍長個幾歲，就可以對人頤指氣使的！
4 才能があれば成功するというものではない。	有才能並非就能成功。
5 謝れば済むってもんじゃない。弁償しないと。	這可不是道歉就能了事的！一定要賠償才行！

● ～どうにか（なんとか、もうすこし）～ないもの（だろう）か

能不能…

➡ どうにか（なんとか、もう少し）＋{動詞否定形；動詞可能形詞幹}＋ないもの（だろう）か

【願望】表示説話者有某個問題或困擾，希望能得到解決辦法。

1 最近よく変な電話がかかってくる。どうにかならないものか。

　最近常有奇怪的電話打來。有沒有什麼辦法啊？

N
2

➡ 例句

2 近所の子どもがいたずらばかりして困る。どうにかやめさせられないものだろうか。

> 附近的小孩老是在惡作劇，真令人困擾。能不能讓他們停止這種行為啊？

3 とても大切なものなんです。なんとか直らないものでしょうか。

> 這是非常珍貴的東西。能不能想辦法修好呢？

4 それは相手が怒るのも無理はない。もう少し言いようがなかったものか。

> 也難怪對方會生氣，就不能把話講得好聽一點嗎？

5 「なんとか、もう少し待っていただけないものでしょうか」「しょうがないなあ、じゃあ、今週の金曜日までだよ」

> 「真的沒有辦法再多等一下下嗎？」「真拿你沒辦法，那麼，就等到這個星期五囉！」

064

Track N2 2-01

● 〜とおもうと、とおもったら

1. 原以為…，誰知是…；2. 覺得是…，結果果然…

➡ {動詞た形}＋と思うと、と思ったら；{名詞の；動詞普通形；引用文句}＋と思うと、と思ったら

❶【反預料】表示本來預料會有某種情況，下文的結果有兩種：較常用於出乎意外地出現了相反的結果，如例(1)～(4)。

❷【符合預料】用在結果與本來預料是一致的，只能使用「とおもったら」，如例(5)。此句型無法用於說話人本身。

1 太郎は勉強していると思ったら、漫画を読んでいた。

原以為太郎在看書，誰知道是在看漫畫。

➡ 例句

2 彼のオフィスは、3階だと思ったら4階でした。

> 原以為他的辦公室在三樓，誰知是四樓。

56

3 起きてきたと思ったら、また寝てしまった。

原以為起床了，結果又倒頭睡著了。

4 太郎は勉強を始めたと思うと、5分で眠ってしまいました。

還以為太郎開始用功了，誰知道才五分鐘就呼呼大睡了。

5 雷が鳴っているなと思ったら、やはり雨が降ってきました。

覺得好像打雷了，結果果然就下起雨來了。

Track N2
2-02

● 〜どころか

1. 哪裡還…、非但…、簡直…；2. 不但…反而…

➡ {名詞；形容動詞詞幹な；[形容詞・動詞] 普通形} ＋どころか

❶【程度的比較】表示從根本上推翻前項，並且在後項提出跟前項程度相差很遠，如例(1)〜(3)。

❷【反預料】表示事實結果與預想內容相反，如例(4)、(5)。

1 お金が足りないどころか、財布は空っぽだよ。

哪裡是不夠錢，錢包裡就連一毛錢也沒有。

➡ 例句

2 腰が痛くて、勉強どころか、横になるのも辛いんだ。

腰實在痛得受不了，別說唸書了，就連躺著休息都覺得痛苦。

3 一流大学を出ているどころか、博士号まで持っている。

他不僅是從名校畢業，還擁有博士學位。

4 「がんばれ」と言われて、うれしいどころかストレスになった。

聽到這句「加油」，別說高興，根本成了壓力。

5 失敗はしたが、落ち込むどころかますますやる気が出てきた。

雖然失敗了，可是不但沒有沮喪，反而激發出十足幹勁。

066

Track N2 2-03

～どころではない

1.哪裡還能…、不是…的時候；2.何止…、哪裡是…根本是…

➔ {名詞；動詞辭書形}＋どころではない

❶【否定】表示沒有餘裕做某事，強調目前處於緊張、困難的狀態，沒有金錢、時間或精力去進行某事，如例(1)、(2)。

❷【程度】表示事態大大超出某種程度，事態與其說是前項，實際為後項，如例(3)～(5)。

1 先々週は風邪を引いて、勉強どころではなかった。

上上星期感冒了，哪裡還能唸書啊。

➔ **例句**

2 いろいろ仕事が重なって、休むどころではありません。

各種各樣的工作堆在一塊，哪裡還有時間讓我慢慢休息。

3 あったかかったどころじゃない、暑くて暑くてたまらなかったよ。

這已經不只是暖和，根本是熱到教人吃不消了耶！

4 パソコンは、私にとって便利どころではなく、生活必需品です。

電腦對我而言不僅僅是使用便利，而是生活必需品。

5 涼しかったどころじゃない、あんな寒いところだとは思わなかったよ。

哪裡是涼爽的天氣，根本連作夢都沒想到那地方會冷成那樣耶！

067

Track N2 2-04

～とはかぎらない

也不一定…、未必…

➔ {[名詞・形容詞・形容動詞・動詞]普通形}＋とは限らない

【部分否定】表示事情不是絕對如此，也是有例外或是其他可能性。

1 お金持ちが必ず幸せだとは限らない。

有錢人不一定就能幸福。

➡ 例句

2 逃げたからといって、犯人（だ）とは限らない。

雖説逃走了，並不代表他就是凶手。

3 本に書いてあることが必ず正しいとは限らない。

寫在書上的文字不一定就是正確的。

4 訴えたところで、勝訴するとは限らない。

即使是提出告訴，也不一定能打贏官司。

5 機械化したところで、必ずしも効率が上がるとは限らない。

即使是機械化，也不一定能提高效率。

068

Track N2 2-05

● ～ないうちに

在未…之前，…、趁沒…

➡ {動詞否定形}＋ないうちに

【期間】這也是表示在前面的環境、狀態還沒有產生變化的情況下，做後面的動作。

1 嵐が来ないうちに、家に帰りましょう。

趁暴風雨還沒來之前，回家吧！

➡ 例句

2 雨が降らないうちに、帰りましょう。

趁還沒有下雨，回家吧！

3 値が上がらないうちに、マンションを買った。

在房價還沒有上漲之前，買了公寓。

4 知らないうちに、隣の客は帰っていた。

不知不覺中，隔壁的客人就回去了。

5 1分もたたないうちに、「ゴーッ」といびきをかき始めた。

上床不到一分鐘就「呼嚕」打起鼾來了。

069

● 〜ないかぎり

除非…，否則就…、只要不…，就…

➜ {動詞否定形}＋ないかぎり

　【無變化】表示只要某狀態不發生變化，結果就不會有變化。含有如果狀態發生變化了，結果也會有變化的可能性。

1 犯人が逮捕されないかぎり、私たちは安心できない。

　只要沒有逮捕到犯人，我們就無法安心。

➜ 例句

2 しっかり練習しないかぎり、優勝はできません。

要是沒紮實做練習，就沒辦法獲勝。

3 大地震や台風でも来ない限り、イベントは予定通り行う。

除非遇到大地震或是颱風，否則活動依然照常舉行。

4 文書で許可を得ない限り、撮影・録音などは禁止です。

除非拿到了書面許可，否則禁止錄音攝影。

5 社長の気が変わらないかぎりは、大丈夫です。

只要社長沒改變心意就沒問題。

070

● 〜ないことには

要是不…、如果不…的話，就…

➡ {動詞否定形}＋ないことには

【條件】表示如果不實現前項，也就不能實現後項。後項一般是消極的、否定的結果。

1 保護しないことには、この動物は絶滅してしまいます。

如果不加以保護，這種動物將會瀕臨絕種。

➡ 例句

2 試験にパスしないことには、資格はもらえない。

如果不通過考試，就拿不到資格。

3 工夫しないことには、問題を解決できない。

如果不下點功夫，就沒辦法解決問題。

4 見た目はおいしそうだが、実際食べてみないことには分からない。

外觀看起來雖然美味，但沒有實際吃過還是難保絕對可口。

5 趙さん、遅いな。誕生日パーティーなのに、主役が来ないことには始められないよ。

趙小姐怎麼還沒來呀？這可是她的生日派對，連主角都沒到，怎麼開始呢！

071

Track N2
2-08

～ないではいられない

不能不…、忍不住要…、不禁要…、不…不行、不由自主地…

➡ {動詞否定形}＋ないではいられない

【強制】表示意志力無法控制，自然而然地內心衝動想做某事。傾向於口語用法。

1 紅葉がとてもきれいで、歓声を上げないではいられなかった。

楓葉真是太美了，不禁歡呼了起來。

⮕ 例句

2 特売が始まると、買い物に行かないではいられない。

特賣活動一開始，就忍不住想去買。

3 税金が高すぎるので、文句を言わないではいられない。

因為稅金太高了，忍不住就想抱怨幾句。

4 彼女の身の上話を聞いて、同情しないではいられなかった。

聽了她的際遇後，教人不禁同情了起來。

5 困っている人を見て、助けないではいられなかった。

看到人家有困難時，實在無法不伸出援手。

072

Track N2 2-09

● 〜ながら（も）

雖然…，但是…、儘管…、明明…卻…

⮕ {名詞；形容動詞詞幹；形容詞辭書形；動詞ます形}＋ながら（も）

【逆接】連接兩個矛盾的事物，表示後項與前項所預想的不同。

1 この服は地味ながらも、とてもセンスがいい。

這件衣服雖然樸素，卻很有品味。

⮕ 例句

2 狭いながらも、楽しい我が家だ。

雖然很小，但也是我快樂的家。

3 残念ながら、今回はご希望に添えないことになりました。

很遺憾，目前無法提供適合您的職務。

4 夫に悪いと思いながらも、彼への思いがどんどん募っていきました。

雖然覺得對不起先生，但對情夫的愛意卻越來越濃。

5 情報を入手していながらも、活かせなかった。

儘管取得了資訊，卻沒有辦法活用。

～にあたって、にあたり

在…的時候、當…之時、當…之際

➡ {名詞；動詞辭書形}＋にあたって、にあたり

【時點】表示某一行動，已經到了事情重要的階段。它有複合格助詞的作用。一般用在致詞或感謝致意的書信中。

1 このおめでたい時にあたって、一言お祝いを言いたい。

在這可喜可賀的時候，我想説幾句祝福的話。

➡ **例句**

2「ご利用にあたっての注意事項」をお読みになってから、お申し込みください。

請先閱讀「使用之相關注意事項」之後，再提出申請。

3 この実験をするにあたり、いくつか注意しなければならないことがある。

在進行這個實驗的時候，有幾點要注意的。

4 社長を説得するにあたって、慎重に言葉を選んだ。

説服社長的時候，説話要很慎重。

5 プロジェクトを展開するにあたって、新たに職員を採用した。

為了推展計畫而進用了新員工。

～におうじて

根據…、按照…、隨著…

➡ {名詞}＋に応じて

❶【相應】表示按照、根據。前項作為依據，後項根據前項的情況而發生變化，如例句(1)～(3)。

❷〖に応じたＮ〗後接名詞時，變成「に応じたＮ」的形式，如例句(4)、(5)。

1 働きに応じて、報酬をプラスしてあげよう。

依工作的情況來加薪！

➡ 例句

2 保険金は被害状況に応じて支払われます。

保險給付是依災害程度支付的。

3 収入に応じて、生活のレベルを変える。

改變生活水準以配合收入。

4 エスカレーターの近くに、季節に応じた商品を並べる。

在手扶梯附近陳列當季商品。

5 その日の気分に応じた色の服を着る。

根據當天的心情穿上相對應色彩的服裝。

Track N2
2-12

● ～にかかわって、にかかわり、にかかわる

關於…、涉及…

➡ {名詞}＋にかかわって、にかかわり、にかかわる

【關連】表示後面的事物受到前項影響，或是和前項是有關聯的。

1 命にかかわる大けがをした。

受到攸關性命的重傷。

➡ 例句

2 新製品の開発にかかわって 10 年、とうとう完成させる ことができた。

新產品開發了十年，終於能完成了。

3 日本語をもっと勉強して、将来は台日友好にかかわる仕事がしたい。

我要多讀點日語，將來想從事台日友好相關工作。

4 やめとけよ、あいつにかかわるとろくなことがないぜ。

別理他了啦！要是和那傢伙牽扯下去，可不會有好下場的哩！

5 これは我が国の信用にかかわる。

此事關乎我國威信。

076 Track N2 2-13

～にかかわらず

無論…與否…、不管…都…、儘管…也…

➡ {名詞；[形容詞・動詞] 辞書形；[形容詞・動詞] 否定形} ＋にかかわらず

❶【無關】表示前項不是後項事態成立的阻礙。接兩個表示對立的事物，表示跟這些無關，都不是問題，前接的詞多為意義相反的二字熟語，或同一用言的肯定與否定形式，如例(1)～(4)。

❷〖類語－にかかわりなく〗「～にかかわりなく」跟「～にかかわらず」意思、用法幾乎相同，表示「不管…都…」之意，如例(5)。

1 お酒を飲む飲まないにかかわらず、一人当たり2,000円を払っていただきます。

不管有沒有喝酒，每人都要付兩千日圓。

2000

➡ 例句

2 金額の多少にかかわらず、寄附は大歓迎です。

不論金額多寡，非常歡迎踴躍捐贈。

3 このアイスは、季節にかかわらず、よく売れている。

這種冰淇淋一年四季都賣得很好。

4 勝敗にかかわらず、参加することに意義がある。

不論是優勝或落敗，參與的本身就具有意義。

5　以前の経験にかかわりなく、実績で給料は決められます。

不管以前的經驗如何，以業績來決定薪水。

077

● 〜にかぎって、にかぎり

只有…、唯獨…是…的、獨獨…

➡ {名詞}＋に限って、に限り

　❶【限定】表示特殊限定的事物或範圍，説明唯獨某事物特別不一樣，如例(1)〜(4)。

　❷〔否定形－にかぎらず〕「〜に限らず」為否定形，如例(5)。

1　時間に空きがあるときに限って、誰も誘ってくれない。

　獨獨在空閒的時候，沒有一個人來約我。

➡ 例句

2　前の晩、よく勉強しなかったときに限って、抜き打ち テストがある。

每次都是前一晚沒有用功讀書的時候，隔天就會抽考。

3　未使用でレシートがある場合に限り、返品を受け付けます。

僅限尚未使用並保有收據的狀況，才能受理退貨。

4　5時から6時のご来店に限り、グラスビール1杯サービスします。

限五點至六點來店的顧客可享免費啤酒一杯。

5　この店は、週末に限らずいつも混んでいます。

這家店不分週末或平日，總是客滿。

078

● 〜にかけては

在…方面、關於…、在…這一點上

{名詞}＋にかけては

【話題】表示「其它姑且不論，僅就那一件事情來説」的意思。後項多接對別人的技術或能力好的評價。

1 パソコンのトラブル解決{かいけつ}にかけては、自信{じしん}があります。

在解決電腦問題方面，我有十足的把握。

 例句

2 米作{こめづく}りにかけては、まだまだ息子{むすこ}には負{ま}けない。

就種稻來説，我還寶刀未老，不輸兒子。

3 自動車{じどうしゃ}の輸送{ゆそう}にかけては、うちは一流{いちりゅう}です。

在汽車運送方面，本公司堪稱一流。

4 数学{すうがく}にかけては関本{せきもと}さんがクラスで一番{いちばん}だ。

在數學科目方面，關本同學是全班最屬害的。

5 人{ひと}を笑{わら}わせることにかけては、彼{かれ}の右{みぎ}に出{で}るものはいない。

以逗人發笑的絕活來説，沒有人比他更高明。

079
● ～にこたえて、にこたえ、にこたえる

應…、響應…、回答、回應

● {名詞}＋にこたえて、にこたえ、にこたえる

【對象】接「期待」、「要求」、「意見」、「好意」等名詞後面，表示為了使前項能夠實現，後項是為此而採取行動或措施。

1 農村{のうそん}の人々{ひとびと}の期待{きたい}にこたえて、選挙{せんきょ}に出馬{しゅつば}した。

為了回應農村的鄉親們的期待而出來參選。

日語文法・句型詳解

➡ **例句**

2 中村は、ファンの声援にこたえ、満塁ホームランを打った。	中村在聽到球迷的聲援之後，揮出了一支三分全壘打。
3 消費者の要望にこたえて、販売地域の範囲を広げた。	應消費者的要求，擴大了銷售的範圍。
4 社員の要求にこたえ、職場環境を改善しました。	應員工的要求，改善了工作的環境。
5 需要にこたえるのではない。需要を作り出すのだ。	不是要回應需求，而是要創造需求！

080

Track N2
2-17

● **～にさいし（て／ては／ての）**

在…之際、當…的時候

➡ {名詞；動詞辭書形}＋に際し（て／ては／ての）

【時點】表示以某事為契機，也就是動作的時間或場合。有複合詞的作用。是書面語。

1 チームに入るに際して、自己紹介をしてください。

入隊時請先自我介紹。

➡ **例句**

2 ご利用に際しては、まず会員証を作る必要がございます。	在您使用的時候，必須先製作會員證。
3 試験に際し、携帯電話の電源は切ってください。	考試時手機請關機。

4 新入社員を代表して、入社に際しての抱負を入社式で述べた。

我代表所有的新進職員,在進用典禮當中闡述了來到公司時的抱負。

5 この商品は割れ物なので、扱うに際しては、十分気をつけてください。

這種商品是易碎品,因此使用時請特別留意。

～にさきだち、にさきだつ、にさきだって

在…之前,先…、預先…、事先…

➡ {名詞;動詞辭書形}＋に先立ち、に先立つ、に先立って

【前後關係】用在述說做某一動作前應做的事情,後項是做前項之前,所做的準備或預告。

1 旅行に先立ち、パスポートが有効かどうか確認する。

在出遊之前,要先確認護照期限是否還有效。

➡ **例句**

2 面接に先立ち、会社説明会が行われた。

在面試前先舉行了公司說明會。

3 法律改正に先立つ公聴会が来週開かれる予定です。

在修改法律之前,將於下週先召開公聽會。

4 新しい機器を導入するに先立って、説明会が開かれた。

在引進新機器之前,先舉行了說明會。

5 上演に先立ちまして、主催者から一言ご挨拶を申し上げます。

在開演之前,先由主辦單位向各位致意。

082

Track N2 2-19

～にしたがって、にしたがい

1. 隨著…，逐漸…；2. 依照…、按照…、隨著…

➡ {名詞；動詞辭書形}＋にしたがって、にしたがい

❶【跟隨】表示跟前項的變化相呼應，而發生後項，如例(1)～(3)。

❷【基準】前面接表示人、規則、指示、根據、基準等的名詞，表示按照、依照的意思。後項一般是陳述對方的指示、忠告或自己的意志，如例(4)、(5)。

1 季節の変化にしたがって、町の色も変わってゆく。

随著季節的變化，街景也改變了。

➡ **例句**

2 子供が大きくなるにしたがって、自分の時間が増えた。

随著孩子長大，自己的時間變多了。

3 治療法の研究が進むにしたがい、この病気で死亡する人は減っている。

随著治療方法的研究進步，死於這種疾病的人逐漸減少。

4 父の言いつけにしたがって、大学は工学部に進んだ。

聽從父親的囑咐，大學進入工學院就讀。

5 矢印にしたがって、進んでください。

請依照箭頭前進。

083

Track N2 2-20

～にしたら、にすれば、にしてみたら、にしてみれば

對…來説、對…而言

➡ {名詞}＋にしたら、にすれば、にしてみたら、にしてみれば

【觀點】前面接人物，表示站在這個人物的立場來對後面的事物提出觀點、評判、感受。

1 彼にしてみれば、私のことなんて遊びだったんです。

對他來説，我只不過是玩玩罷了。

➡ 例句

2 祖母にしたら、高校生が化粧するなんてとんでもないことなのだろう。

對祖母來說，高中生化妝是很不可取的行為吧？

3 英語の勉強は、私にすれば簡単なのだが、できの悪い人達には難しいのだろう。

學英文對我來說是很簡單，但是對頭腦不好的人們而言就很難了吧？

4 1,000円は、子どもにしてみたら相当なお金だ。

一千日圓對小朋友來說是一筆大數字。

5 私がいくつになっても、両親にしたら子供らしい。

不管我長到幾歲，在父母的眼裡大概還是個小孩。

084

● ～にしろ

Track N2
2-21

無論…都…、就算…，也…、即使…，也…

➡ {名詞；形容動詞詞幹；[形容詞・動詞] 普通形} ＋にしろ

【無關】表示退一步承認前項，並在後項中提出跟前面相反或相矛盾的意見。是「～にしても」的鄭重的書面語言。也可以説「～にせよ」。

1 体調は幾分よくなってきたにしろ、まだ出勤はできません。

即使身體好了些，也還沒辦法去上班。

➡ 例句

2 生まれてくる子が男にしろ女にしろ、どちらでもうれしい。

即將出生的孩子不管是男孩也好、女孩也罷，哪一種性別都同樣高興。

3 いくら忙しいにしろ、食事をしないのはよくないですよ。

無論再怎麼忙，不吃飯是不行的喔！

4 いくら有能にしろ、人のことを思いやれないようなら、ダメでしょう。

即便是多麼能幹的人，假如不懂得為人著想，也是枉然吧！

5 やるにしろやめるにしろ、明日までに決めなければならない。

要做也好、不做也罷，在明天之前都必須做出決定才行。

085

● 〜にすぎない

只是…、只不過…、不過是…而已、僅僅是…

➡ {名詞；形容動詞詞幹である；[形容詞・動詞] 普通形}＋にすぎない

【主張】表示某微不足道的事態，指程度有限，有著並不重要的消極評價語氣。

1 これは少年犯罪の一例にすぎない。

這只不過是青少年犯案中的一個案例而已。

➡ 例句

2 彼はとかげのしっぽにすぎない。陰に黒幕がいる。

他只不過是代罪羔羊，背地裡另有幕後操縱者。

3 今回は運がよかったにすぎません。

這一次只不過是運氣好而已。

4 そんなの彼のわがままにすぎないから、放っておきなさい。

那不過是他的任性妄為罷了，不必理會。

5 答えを知っていたのではなく、勘で言ったにすぎません。

我不是知道答案，只不過是憑直覺回答而已。

086

● 〜にせよ、にもせよ

無論…都…、就算…，也…、即使…，也…、…也好…也好

➡ {名詞；形容動詞詞幹である；[形容詞・動詞] 普通形} ＋にせよ、にもせよ

【無關】表示退一步承認前項，並在後項中提出跟前面相反或相矛盾的意見。是「〜にしても」的鄭重的書面語言。也可以説「〜にしろ」。

1 困難があるにせよ、引き受けた仕事はやりとげるべきだ。

即使有困難，一旦接下來的工作就得完成。

➡ **例句**

2 ビール1杯にせよ、飲んだら運転してはいけない。

即使只喝一杯啤酒，只要喝了酒，就不可以開車。

3 いずれにもせよ、集会には出席しなければなりません。

不管如何，集會是一定得出席的。

4 いくらずうずうしいにせよ、残り物を全部持って帰るなんてねえ。

不管再怎麼厚臉皮，竟然把剩下的東西全都帶回去，未免太過分了。

5 最後の場面はいくらか感動したにせよ、全体的には面白くなかった。

即使最後一幕有些動人，但整體而言很無趣。

087

Track N2 2-24

● **〜にそういない**

一定是…、肯定是…

➡ {名詞；形容動詞詞幹；[形容詞・動詞] 普通形} ＋に相違ない

【判斷】表示説話人根據經驗或直覺，做出非常肯定的判斷。跟「だろう」相比，確定的程度更強。跟「〜に違いない」意思相同，只是「〜に相違ない」比較書面語。

1 明日の天気は、快晴に相違ない。

明天的天氣，肯定是晴天。

➡ **例句**

2 これは先週の事件と同じ犯人のしわざに相違ない。 | 這肯定和上星期那起案件是同一個凶手幹的好事。

3 彼女たちのコーラスは、すばらしいに相違ない。 | 她們的合唱，肯定很棒的。

4 裁判の手続きは、面倒に相違ない。 | 打官司的手續想必很繁瑣。

5 会社をやめて農業をやりたいと妻に言ったら、反対するに相違ない。 | 要是告訴太太我想辭掉公司改去務農，肯定會遭到反對。

088

● **〜にそって、にそい、にそう、にそった**

1. 沿著…、順著…；2. 按照…

➡ {名詞}＋に沿って、に沿い、に沿う、に沿った

❶【順著】接在河川或道路等長長延續的東西，或操作流程等名詞後，表示沿著河流、街道，如例(1)。

❷【基準】或表示按照某程序、方針，如例(2)〜(5)。

1 道に沿って、クリスマスの飾りが続いている。
沿著道路滿是聖誕節的點綴。

➡ **例句**

2 このビルは最新の耐震基準に沿っている。 | 這棟大廈符合最新規定的耐震標準。

3 計画に沿い、演習が行われた。 | 按照計畫，進行沙盤演練。

4 両親の期待に沿えるよう、毎日しっかり勉強している。 | 每天都努力用功以達到父母的期望。

5 契約<ruby>けいやく</ruby>に<ruby>そ</ruby>った<ruby>商売</ruby><ruby>しょうばい</ruby>をする。

依契約做買賣。

Track N2
2-26

～につけ（て）、につけても

1. 一…就…、每當…就…；2. 不管…或是…

➡ {[形容詞・動詞] 辭書形}＋につけ（て）、につけても

❶【關連】每當碰到前項事態，總會引導出後項結論，表示前項事態總會帶出後項結論，如例(1)～(4)。

❷【無關】也可用「～につけ～につけ」來表達，這時兩個「につけ」的前面要接成對的詞，如例(5)。

1 この<ruby>音楽</ruby><ruby>おんがく</ruby>を<ruby>聞</ruby><ruby>き</ruby>くにつけて、<ruby>楽</ruby><ruby>たの</ruby>しかった<ruby>月日</ruby><ruby>つきひ</ruby>を<ruby>思</ruby><ruby>おも</ruby>い<ruby>出</ruby><ruby>だ</ruby>します。

每當聽到這個音樂，就會回想起過去美好的時光。

➡ 例句

2 <ruby>福田</ruby><ruby>ふくだ</ruby>さんは<ruby>何</ruby><ruby>なに</ruby>かにつけて<ruby>私</ruby><ruby>わたし</ruby>を<ruby>目</ruby><ruby>め</ruby>の<ruby>敵</ruby><ruby>かたき</ruby>にするから、<ruby>付</ruby><ruby>つ</ruby>き<ruby>合</ruby><ruby>あ</ruby>いにくい。

福田小姐不論任何事總是視我為眼中釘，實在很難和她相處。

3 それにつけても、<ruby>思</ruby><ruby>おも</ruby>い<ruby>出</ruby><ruby>だ</ruby>すのは<ruby>小学校</ruby><ruby>しょうがっこう</ruby>で<ruby>同級</ruby><ruby>どうきゅう</ruby>だった<ruby>矢部</ruby><ruby>やべ</ruby>さんです。

關於那件事，能夠想起的只有小學同班同學的矢部而已。

4 <ruby>祖父</ruby><ruby>そふ</ruby>の<ruby>話</ruby><ruby>はなし</ruby>を<ruby>聞</ruby><ruby>き</ruby>くにつけ、<ruby>平和</ruby><ruby>へいわ</ruby>のありがたみを<ruby>感</ruby><ruby>かん</ruby>じる。

每當聽到爺爺的往事，總能感到和平的可貴。

5 テレビで<ruby>見</ruby><ruby>み</ruby>るにつけ、<ruby>本</ruby><ruby>ほん</ruby>で<ruby>読</ruby><ruby>よ</ruby>むにつけ、<ruby>宇宙</ruby><ruby>ちゅう</ruby>に<ruby>行</ruby><ruby>い</ruby>きたいなあと<ruby>思</ruby><ruby>おも</ruby>う。

不管是看到電視也好，或是讀到書裡的段落也好，總會讓我想上太空。

Track N2
2-27

～にて、でもって

1. …為止；2. 以…、用…；3. 因…

➡ {名詞}＋にて、でもって

❶【時點】「にて」相當於「で」，表示時間、年齡跟地點，如例(1)、(2)。

❷【手段】也可接手段、方法、原因、限度、資格或指示詞，宣佈、告知的語氣強，如例(3)。

❸【強調手段】「でもって」是由格助詞「で」跟「もって」所構成，用來加強「で」的詞意，表示方法、手段跟原因，如例(4)、(5)。

1 もう時間なので本日はこれにて失礼いたします。

時間已經很晚了，所以我就此告辭了。

➡ 例句

2 講演会は市民ホールにて執り行います。

演講將於市民會館舉行。

3 書面にてご対応させていただく場合の手続きは、次の通りです。

以書面回覆之相關手續如下所述。

4 メールでもってご連絡いたしますが、よろしいでしょうか。

請問方便用 e-mail 與您聯繫嗎？

5 現代社会では、インターネットでもって、いろいろなことが事足りるようになった。

現代社會能夠透過網際網路完成很多事情。

091

 Track N2 2-28

● ～にほかならない

完全是…、不外乎是…、其實是…、無非是…

➡ {名詞}＋にほかならない

❶【主張】表示斷定的説事情發生的理由、原因，是對事物的原因、結果的肯定語氣，亦即「それ以外のなにものでもない」（不是別的，就是這個）的意思，如例(1)～(4)。

❷〖ほかならぬ＋N〗相關用法：「ほかならぬ」修飾名詞，表示其他人事物無法取代的特別存在，如例(5)。

1 肌がきれいになったのは、化粧品の美容効果に
ほかならない。

肌膚會這麼漂亮，其實是因為化妝品的美容效果。

➡ 例句

2 彼が失敗したのは、欲張ったせいにほかな
らない。

他之所以失敗，唯一的原因
就是貪心。

3 私達が出会ったのは運命にほかなりません。

我們的相遇只能歸因於命運。

4 彼があんなに厳しいことを言うのも、君の
ためを思うからにほかならない。

他之所以會説那麼嚴厲的話，
完完全全都是為了你著想。

5 ほかならぬ君の頼みとあれば、一肌脱ごう
じゃないか。

既然是交情匪淺的你前來請
託，我當然得大力相助啊！

092

Track N2
2-29

● ～にもかかわらず

雖然…，但是…、儘管…，卻…、雖然…，卻…

➡ {名詞；形容動詞詞幹；[形容詞・動詞]普通形}＋にもかかわらず

【無關】表示逆接。後項事情常是跟前項相反或相矛盾的事態。也可以做
接續詞使用。

1 努力にもかかわらず、全然効果が出ない。

儘管努力了，還是完全沒有看到效果。

➡ 例句

2 祝日にもかかわらず、会社で仕事をした。

雖然是國定假日，卻要上班。

3 周りの反対にもかかわらず、会社をやめた。

他不顧周圍的反對，辭掉工
作了。

4 やめろと言ったにもかかわらずやって、案 の定失敗した。

已經警告過他別做，結果他還是執意去做，果然不出所料失敗了。

5 熱があるにもかかわらず、学校に行った。

雖然發燒，但還是去了學校。

093
Track N2 2-30

～ぬきで、ぬきに、ぬきの、ぬきには、ぬきでは

1. 省去…、沒有…；3. 如果沒有…（，就無法…）、沒有…的話

➡ {名詞} ＋抜きで、抜きに、抜きの

❶【非附帶狀態】表示除去或省略一般應該有的部分，如例(1)、(2)。
❷〖ぬきの＋N〗後接名詞時，用「～抜きの＋名詞」，如例(3)。
❸【必要條件】{名詞} ＋抜きには、抜きでは。為「如果沒有…（，就無法…）」之意，如例(4)、(5)。

1 今日は仕事の話は抜きにして飲みましょう。

今天就別提工作，喝吧！

➡ 例句

2 妹は今朝は朝食抜きで学校に行った。

妹妹今天早上沒吃早餐就去上學了。

3 男性抜きの宴会、「女子会」がはやっています。

目前正在流行沒有任何男性參加的餐會，也就是所謂的「姊妹淘聚會」。

4 この商談は、社長抜きにはできないよ。

這個洽談沒有社長是不行的。

5 炭水化物抜きでは、ダイエットはうまくいきませんよ。

不吃碳水化合物，就無法順利減肥喔。

Track N2
2-31

～ぬく

1. 穿越、超越；2. …做到底

➡ {動詞ます形}＋抜く

❶【穿越】表示超過、穿越的意思，如例(1)、(2)。

❷【行為的意圖】表示把必須做的事，最後徹底做到最後，含有經過痛苦而完成的意思，如例(3)～(5)。

1 ゴールの５メートル手前で神谷君を追い抜いて、１位になった。

在終點前五公尺處超越了神谷，得到第一名。

➡ 例句

2 鉄砲の弾が胸を撃ち抜いて、即死だった。	遭到槍彈射穿胸部，當場死亡了。
3 あの子は厳しい戦争の中、一人で生き抜いた。	那孩子在殘酷的戰爭中一個人活了下來。
4 どんなに辛くても、やり抜くつもりだ。	無論多麼辛苦，我都要做到底。
5 これは、私が考え抜いた末の結論です。	這是我經過深思熟慮後得到的結論。

Track N2
2-32

～ねばならない、ねばならぬ

必須…、不能不…

➡ {動詞否定形}＋ねばならない、ねばならぬ

❶【義務】表示有責任或義務應該要做某件事情，如例(1)～(4)。

❷『文言』「ねばならぬ」的語感比起「ねばならない」較為生硬、文言，如例(5)。

1 実は君に話さねばならないことがある。
其實我有話一定要對你説。

➡ 例句

2 他人を非難するには、その前に事実を確かめねばならない。

在責備他人之前，必須要先確定是否屬實。

3 犯人は電話で、「金はお前が一人で持って来ねばならない」と言った。

綁架犯在電話裡説了「你只能獨自一人把錢帶來」。

4 歯を抜く痛みを考えれば、麻酔の注射くらい我慢せねばならない。

一想到拔牙的疼痛，只好忍受打麻醉針時的不適。

5 約束は守らねばならぬ。

不能不守信。

096

Track N2
2-33

● 〜のうえでは

…上

➡ {名詞}＋の上では

【情報源】表示「在某方面上是…」。

1 法律の上では無罪でも、私には許せない。

在法律上縱使無罪，我也不能原諒。

➡ 例句

2 今日は立夏です。暦の上では夏になりました。

今天是立夏，在曆法上已是夏天了。

3 数字の上では景気は回復しているが、そういう実感はない。

在數字上雖然景氣已經回復，但沒有實際的感覺。

4 父のことは、仕事の上では尊敬しているが、人間としては最低だと思っている。

我很尊敬父親在工作上的成就，但就人性而言，卻覺得他非常差勁。

5 一つの星座の星々は、見かけの上では近くにあるが、宇宙空間で近くにあるとは限らない。

同一個星座裡的星星，表面上看起來很近，但在宇宙空間裡未必相隔不遠。

● ～のみならず

不僅…，也…、不僅…，而且…、非但…，尚且…

➡ {名詞；形容動詞詞幹である；[形容詞・動詞] 普通形} ＋のみならず

【附加】表示添加，用在不僅限於前接詞的範圍，還有後項進一層的情況。

1 この薬は、風邪のみならず、肩こりにも効果がある。

這個藥不僅對感冒有效，對肩膀酸痛也很有效。

➡ 例句

2 平日のみならず、週末も働く。

不單是平日，連週末也在工作。

3 彼は要領が悪いのみならず、やる気もない。

他做的方法不僅不好，連做的意願也低。

4 あの辺りは不便であるのみならず、ちょっと物騒です。

那一帶不只交通不便，治安也不大好。

5 資料を分析するのみならず、現場を見てくるべきだ。

不僅要分析資料，而且應該到現場勘察。

N 2

098

● ～のもとで、のもとに

在…之下

➡ {名詞}＋のもとで、のもとに

❶【前提】表示在受到某影響的範圍內，而有後項的情況，如例(1)。

❷【基準】表示在某人事物的影響範圍下，或在某條件的制約下做某事，如例(2)～(4)。

❸〖星の下に生まれる〗「星の下に生まれる」是「命該如此」、「命中註定」的意思，如例(5)。

1 太陽の光のもとで、稲が豊かに実っています。

　稲子在太陽光之下，結實纍纍。

➡ 例句

2 坂本教授のもとで勉強したい。

我希望能在坂本教授的門下受教。

3 法のもとに、公平な裁判を受ける。

法律之下，人人平等。

4 ３ヶ月後に返すという約束のもとに、彼にお金を貸しました。

在他答應三個月後還錢的前提下，我把錢借給了他。

5 小さいころから苦労ばかり。そういう星のもとに生まれたんだろうか。

從小就吃盡了苦頭，難道是我命該如此嗎？

099

● ～のももっともだ、のはもっともだ

也是應該的、也不是沒有道理的

➡ {形容動詞詞幹な；[形容詞・動詞]普通形}＋のももっともだ、のはもっともだ

【推論】表示依照前述的事情，可以合理地推論出後面的結果，所以這個結果是令人信服的。

1 あのきれいな趙さんが失恋するなんて、みんなが驚くのももっともだ。

那位美麗的趙小姐居然會失戀，也難怪大家都很震驚。

→ 例句

2 趙さんは親切だから、みんなに好かれるのももっともだ。

趙小姐為人親切，會被大家喜愛也是應該的。

3 趙さんのお母さんは日本人なのか。日本語が上手なのももっともだ。

原來趙先生的母親是日本人喔？難怪他的日文那麼厲害。

4 葉さんって、お父さんフランス人なの？それなら、金髪で目が青いのももっともだ。

葉小姐的爸爸是法國人？既然這樣，她擁有金髮碧眼也是理所當然的呀。

5 葉さんはとても優しい人だから、趙さんが葉さんを好きになったのはもっともだ。

葉先生是非常溫柔的人，所以趙小姐喜歡上他也不是沒有道理的。

100

Track N2
2-37

● ～ばかりだ

1.一直…下去、越來越…；2.只等…、只剩下…就好了

→ {動詞辭書形}＋ばかりだ

❶【對比】表示事態越來越惡化，一直持續同樣的行為或狀態，多為對講述對象的負面評價，如例(1)～(4)。

❷【限定】表示準備完畢，只差某個動作而已，或是可以進入下一個階段，如例(5)。

1 暮らしは苦しくなるばかりだ。

生活只會越來越辛苦。

➡ 例句

2 このままでは両国の関係は悪化するばかりだ。

再這樣下去的話，兩國的關係只會更加惡化。

3 彼女はうつむいて、ただ泣くばかりだった。

她低頭，只是不停地哭著。

4 あいつは、人のやったことに文句を言うばかりで、自分では何もやらない。

那傢伙對別人所做的事總是抱怨連連，自己卻什麼也不做。

5 晩ご飯の用意はもうできている。あとは食べるばかりだ。

晚飯已經準備好了，接下來就等開動了。

101

Track N2
2-38

● ～ばかりに

1. 就因為…、都是因為…，結果…；2. 就是因為想…

➡ {名詞である；形容動詞詞幹な；[形容詞・動詞]普通形}＋ばかりに

❶【原因】表示就是因為某事的緣故，造成後項不良結果或發生不好的事情，說話人含有後悔或遺憾的心情，如例(1)～(4)。

❷【願望】強調由於說話人的心願，導致極端的行為或事件發生，如例(5)。

1 彼は競馬に熱中したばかりに、全財産を失った。

他就是因為沉迷於賭馬，結果傾家蕩產了。

➡ 例句

2 忙しかったばかりに、約束をうっかり忘れていた。

由於忙碌而把約定忘得一乾二淨了。

3 性格があまりにまっすぐなばかりに、友人と衝突することもあります。

就因為他的個性太過耿直，有時候也會和朋友起衝突。

4 過半数がとれなかったばかりに、議案は否決された。

因為沒有過半數，所以議案被否決了。

5 オリンピックで金メダルを取りたいばかり | 只為了在奧運贏得金牌，所
に、薬物を使った。 | 以用了藥物。

102

● 〜はともかく（として）

姑且不管…、…先不管它

➡ {名詞}＋はともかく（として）

【除外】表示提出兩個事項，前項暫且不作為議論的對象，先談後項。暗示後項是更重要的。

1 平日はともかく、週末はのんびりしたい。
不管平常如何，我週末都想悠哉地休息一下。

➡ **例句**

2 俺の話はともかくとして、お前の方はどうなんだ。 | 先別談我的事，你那邊還好嗎？

3 それはともかく、まずコート脱いだら？ | 那個等一下再說，你先脫掉大衣吧？

4 顔はともかく、人柄はよい。 | 暫且不論長相，他的人品很好。

5 見た目はともかく、味はうまい。 | 姑且不論外觀，滋味相當好。

103

● 〜はまだしも、ならまだしも

若是…還説得過去、（可是）…、若是…還算可以…

➡ {名詞}＋はまだしも、ならまだしも；{形容動詞詞幹な；[形容詞・動詞]普通形}＋(の) ならまだしも

【埋怨】是「まだ」（還…、尚且…）的強調説法。表示反正是不滿意，儘

管如此但這個還算是好的，雖然不是很積極地肯定，但也還說得過去。前面可接副助詞「だけ、ぐらい、くらい」，後可跟表示驚訝的「とは、なんて」相呼應。

1 授業中に、お茶ぐらいならまだしも物を食べるのはやめてほしい。

倘若只是在課堂上喝茶那倒罷了，像吃東西這樣的行為真希望能夠停止。

⊃ 例句

2 本気ならまだしも、義理チョコなんかいらない。

如果是真心的也就算了，那種基於禮貌給的人情巧克力我才不要！

3 ただつまらないだけならまだしも、話がウソ臭すぎる。

如果只是無趣的話還好說，但總覺得這件事聽起來很假。

4 役員が決めたんならまだしも、主任が勝手に決めちゃうなんてね。

如果董事決定的話還說得過去，主任居然擅自做決定真可惡。

5 新人にちょっと注意したところ、謝るならまだしも、逆に怒り出した。

只不過稍微提醒一下新進員工，結果對方別說是道歉了，反而還生我的氣。

104

Track N2
2-41

● ～べきではない

不應該…

⊃ {動詞辭書形}＋べきではない

【禁止】 如果動詞是「する」，可以用「すべきではない」或是「するべきではない」。表示禁止，從某種規範來看不能做某件事。

1 どんなに辛くても、死ぬべきではない。

再怎麼辛苦，也不該去尋死。

例句

2 戦争はすべきではなく、外交で解決すべきだ。

不應當發動戰爭，而應該透過外交手段來解決才對。

3 テストが 100 点でなかったくらいで、泣くべきではない。

只不過是考試沒拿一百分，不該哭泣。

4 そんな危険なところに行くべきではない。

不應該去那麼危險的地方。

5 学校にそんな格好で来るべきではない。

不應該打扮成那種樣子到學校來。

105

Track N2 2-42

● ～ぶり、っぷり

1.…的樣子、…的狀態、…的情況；3.相隔…

→ {名詞；動詞ます形}＋ぶり、っぷり

❶【樣子】前接表示動作的名詞或動詞的ます形，表示前接名詞或動詞的樣子、狀態或情況，如例(1)。

❷〖っぷり〗有時也可以說成「っぷり」，如例(2)、(3)。

❸【時間】{時間；期間}＋ぶり，表示時間相隔多久的意思，如例(4)、(5)。

1 夫の話しぶりからすると、正月もほとんど休みが取れないようだ。

從丈夫講話的樣子判斷，過年期間也大概幾乎沒辦法休假了。

例句

2 あの人の豪快な飲みっぷりはかっこうよかった。

這個人喝起酒來十分豪爽，看起來非常有氣魄。

3 大豆を食べて、女っぷりを上げる！

攝取黃豆以提升女性魅力！

4 友人の赤ちゃんに半年ぶりに会ったら、もう歩けるようになっていました。

> 隔了半年再見到朋友的小寶寶，已經變得會走路了。

5 １年ぶりに会ったけど、全然変わっていなかった。

> 相隔一年沒見，完全都沒有變呢。

106

● ～ほどだ、ほどの

幾乎…、簡直…

➡ {名詞；形容動詞詞幹な；[形容詞・動詞]辭書形}＋ほどだ

❶【程度】表示對事態舉出具體的狀況或事例。為了説明前項達到什麼程度，在後項舉出具體的事例來，如例(1)～(4)。

❷〖ほどの＋N〗後接名詞，用「～ほどの＋名詞」，如例(5)。

1 彼の実力は、世界チャンピオンに次ぐほどだ。

他的實力好到幾乎僅次於世界冠軍了。

➡ 例句

2 数学は大嫌いだ。数字を見るのも嫌なほどだ。

> 最討厭數學了！甚至連看到數字就討厭！

3 憎くて憎くて、殺したいほどだ。

> 我對他恨之入骨，恨不得殺了他！

4 今朝は寒くて、池に氷が張るほどだった。

> 今天早上冷到池塘的水面上結了一層冰。

5 山の頂上は、息も止まるほどの絶景でした。

> 山頂上的美麗奇景令人幾乎屏息。

107

Track N2
2-44

● ～ほど～はない

1. 沒有比…更…；2. 用不著…

➡ ❶【比較】{名詞；形容動詞詞幹な；[形容詞・動詞] 辭書形} ＋ほど～はない。表示在同類事物中是最高的，除了這個之外，沒有可以相比的，如例(1)～(3)。

❷【程度】{動詞辭書形} ＋ほどのことではない。表示「用不著…」之意，如例(4)、(5)。

1 今日ほど悔しい思いをしたことはありません。
從沒有像今天這麼不甘心過。

➡ 例句

2 オフィスが煙いほどいやなことはない。 | 辦公室從沒被菸燻得如此烏煙瘴氣過。

3 涙が出るほど痛くはない。 | 並沒有痛到會飆淚的程度。

4 子どものけんかだ。親が出て行くほどのことではない。 | 孩子們的吵架而已，用不著父母插手。

5 軽いけがだから、医者に行くほどのことではない。 | 只是點輕傷，還用不著看醫生。

108

Track N2
2-45

● ～まい

1. 不打算…；2. 大概不會…；3. 該不會…吧

➡ {動詞辭書形} ＋まい

❶【意志】表示說話人不做某事的意志或決心，書面語，如例(1)、(2)。
❷【推測】表示說話人推測、想像，如例(3)。
❸【推測疑問】用「まいか」表示說話人的推測疑問，如例(4)、(5)。

1 絶対タバコは吸うまいと、決心した。
下定決心絕對不再抽菸了。

➡ 例句

2 失敗は繰り返すまいと、心に誓った。

我心中發誓，絕對不再犯錯。

3 その株を買っても、損はするまい。

就算買下那檔股票，大概也不會賠錢。

4 やはり妻は私を裏切っているのではあるまいか。

結果妻子終究還是背叛了我嗎？

5 妻は私と別れたいのではあるまいか。

妻子該不會想和我離婚吧？

109

Track N2
2-46

● 〜まま

1. 就這樣…、依舊；2. …著

➡ {名詞の；この／その／あの；形容詞普通形；形容動詞詞幹な；動詞た形；動詞否定形}＋まま

　❶【樣子】表示原封不動，某種狀態沒有變化，一直持續的樣子，如例(1)〜(3)。

　❷【無變化】在某個不變的狀態下進行某件事情，如例(4)、(5)。

1 久しぶりにおばさんに会ったが、昔と同じできれいなままだった。

好久沒見到阿姨，她還是和以前一樣美麗。

25歳　　40歳

➡ 例句

2 そのまま、置いといてください。

請這樣放著就可以了。

3 服をクリーニングに出したのに、汚いままだった。

雖然把衣服送洗了，卻還是一樣髒。

4 子どもが遊びに行ったまま、まだ帰って来ないんです。

小孩就這樣去玩了，還沒回到家。

5 昨夜は歯磨きをしないまま寝てしまった。

昨晚沒有刷牙就這樣睡著了。

● ～まま（に）

1. 任人擺佈、唯命是從；2. 隨意、隨心所欲

➡ {動詞辭書形；動詞被動形}＋まま（に）

❶【擺佈】表示沒有自己的主觀判斷，被動的任憑他人擺佈的樣子。後項大多是消極的內容。一般用「られるまま（に）」的形式，如例(1)、(2)。

❷【隨意】表示順其自然、隨心所欲的樣子，如例（3）～（5）。

1 友達に誘われるまま、スリをしてしまった。
在朋友的引誘之下順手牽羊。

➡ 例句

2 犯人に言われるまま、ＡＴＭでお金を振り込んでしまった。

依照犯人的指示，在自動櫃員機裡把錢匯出去了。

3 子育てをしていて感じたことを、思いつくまま書いてみました。

我試著把育兒過程中的感受，想到什麼就寫成什麼。

4 老後は、時の過ぎゆくままに、のんびりと暮らしたい。

老後我想隨著時間的流逝，悠閒度日。

5 半年の間、気の向くままに世界のあちこちを旅して来ました。

這半年，我隨心所欲地在世界各地旅行。

● ～も～ば～も、も～なら～も

既…又…、也…也…

N 2

→ {名詞}＋も＋{[形容詞・動詞] 假定形}＋ば {名詞}＋も；{名詞}＋も＋{名詞・形容動詞詞幹}＋なら、{名詞}＋も

【並列】把類似的事物並列起來，用意在強調。或並列對照性的事物，表示還有很多情況。

1 あのレストランは、値段も手頃なら味もおいしい。
那家餐廳價錢公道，菜色味道也好吃。

→ 例句

2 歌も歌えば踊りも踊りますが、本業は役者です。

雖然我歌也唱、舞也跳，不過本業是演員。

3 我々には、権利もあれば義務もある。

我們有權力，也有義務。

4 人生には、悪い時もあればいい時もある。

人生時好時壞。

5 このアパートは、部屋も汚ければ家賃も高い。

這間公寓的房間已很陳舊，房租又很貴。

112

Track N2
2-49

～も～なら～も

…不…，…也不…、…有…的不對，…有…的不是

→ {名詞}＋も＋{同名詞}＋なら＋{名詞}＋も＋{同名詞}

【譴責】表示雙方都有缺點，帶有譴責的語氣。

1 最近の子どもの問題に関しては、家庭も家庭なら学校も学校だ。

最近關於小孩的問題，家庭有家庭的不是，學校也有學校的缺陷。

➡ 例句

2 旦那様も旦那様なら、お嬢様もお嬢様だ。

老爺不對，小姐也不對。

3 政府も政府なら、国民も国民だ。

政府有政府的問題，百姓也有百姓的不對。

4 政治家も政治家なら、官僚も官僚だ。

非但政治家不像政治家，連公務員也不像公務員。

5 父親も父親なら、母親も母親だ。

不但做父親的沒個典範，連做母親的也沒個榜樣。

Track N2 2-50

● 〜もかまわず

（連…都）不顧…、不理睬…、不介意…

➡ {名詞；動詞辭書形の}＋もかまわず

❶【無關】表示對某事不介意，不放在心上。常用在不理睬旁人的感受、眼光等，如例(1)〜(4)。

❷〔不用顧慮〕「〜にかまわず」表示不用顧慮前項事物的現況，請以後項為優先的意思，如例(5)。

1 警官の注意もかまわず、赤信号で道を横断した。

不理會警察的警告，照樣闖紅燈。

➡ 例句

2 このごろの若い者は、所もかまわずベタベタ、イチャイチャしている。

現在的年輕人根本不分場合，自顧自地黏在一起打情罵俏。

3 田崎部長は、いつも人が忙しいのにもかまわず、つまらない用事を言ってくる。

田崎經理總是不管我正在忙，過來吩咐一些無關緊要的小事。

4 順番があるのもかまわず、彼は割り込んできた。

不管排隊的先後順序，他就這樣插進來了。

5 私にかまわず、先に行け。 | 不用管我，你們先去。

114

Track N2
2-51

● 〜もどうぜんだ

…沒兩樣、就像是…

➡ {名詞；動詞普通形}＋も同然だ

【類似性】表示前項和後項是一樣的，有時帶有嘲諷或是不滿的語感。

1 洋子さんは家族も同然なんですから、遠慮しないでたくさん食べてね。

洋子小姐就像我們的家人一樣，請別客氣，多吃點喔！

➡ 例句

2 あの二人はもう何年も同居していて夫婦も同然だ。

那兩人已經同居好幾年了，就和夫妻沒兩樣。

3 残り5分で5対1なんだから、勝ったも同然だ。

既然剩下五分鐘時的比數是5比1，也就等於贏定了。

4 私はあの人のことは何も知らないも同然なんです。

我可以說是完全不認識那個人。

5 近所の引っ越す人から、新品も同然の本棚をただでもらった。

搬家的鄰居免費送給了我幾乎完全簇新的書櫃。

115

Track N2
2-52

● 〜ものがある

有…的價值、確實有…的一面、非常…

➡ {形容動詞詞幹な；[形容詞・動詞]辭書形}＋ものがある

【感嘆】表示肯定某人或事物的優點。由於說話人看到了某些特徵，而發

自內心的肯定，是種強烈斷定，如例(1)、(2)。表示受某事態而有所感受，如例(3)。用於感歎某事態之可取之處，如例(4)、(5)。

1 古典には、時代を越えて読みつがれてきたただけのものがある。

古籍是足以跨越時代，讓人百讀不厭的讀物。

➡ 例句

2 高校生なのにあれほどの速球を投げるとは、期待を抱かせるものがある。	還只是個高中生卻能投出如此驚人的快球，其未來不可限量。
3 昔の日記を読むと、なんだか恥ずかしいものがある。	重讀以前的日記後，覺得有點難為情。
4 彼のストーリーの組み立て方には、見事なものがある。	他的故事架構實在太精采了。
5 あのお坊さんの話には、聞くべきものがある。	那和尚説的話，確實有一聽的價值。

116

Track N2
2-53

● ～ものだ

1.以前…；2.…就是…；3.本來就該…、應該…

➡ {形容動詞詞幹な；[形容詞・動詞]辭書形}＋ものだ

❶【回想】表示回想過往的事態，並帶有現今狀況與以前不同的含意，如例(1)、(2)。

❷【感慨】表示感慨常識性、普遍事物的必然結果，如例(3)。

❸【事物的本質】{形容動詞詞幹な；[形容詞・動詞]辭書形}＋ものではない。表示理所當然，理應如此，常轉為間接的命令或禁止，如例(4)、(5)。

1 私はいたずらが過ぎる子どもで、よく父に殴られたものでした。

　我以前是個超級調皮搗蛋的小孩，常常挨爸爸揍。

➡ 例句

2 若いころは、酒を飲んではむちゃをしたものだ。

他年輕的時候，只要喝了酒就會鬧事。

3 どんなにがんばっても、うまくいかないときがあるものだ。

有時候無論怎樣努力，還是不順利的。

4 食べ物を残すものではない。

食物不可以沒吃完！

5 そんな言葉を使うものではない。

不准説那種話！

117

Track N2 2-54

● 〜ものなら

1. 如果能…的話；2. 要是能…就…

➡ {動詞可能形} ＋ものなら

❶【假定條件】提示一個實現可能性很小的事物，且期待實現的心情，接續動詞常用可能形，口語有時會用「〜もんなら」，如例(1)～(4)。

❷〔重複動詞〕表示挑釁對方做某行為。帶著向對方挑戰，放任對方去做的意味。由於是種容易惹怒對方的講法，使用上必須格外留意。後項常接「〜てみろ」、「〜てみせろ」等，如例(5)。

1 南極かあ。行けるものなら、行ってみたいなあ。

南極喔……。如果能去的話，真想去一趟耶。

➡ 例句

2 もらえるものならもらいたいが、くれるわけがない。

如果他願意給那東西，我倒是想收下，問題是他不會給我。

3 あんな人、別れられるものならとっくに別れてる。

那種人，假如能和他分手的話早就分了。

4 あんなお城のような家に、住めるものなら住みたい。

如果可以住在那種像城堡一樣的房子裡，我倒想住住看。

5 あの素敵な人に、声をかけられるものなら、かけてみろよ。

你敢去跟那位美女講話的話，你就去講講看啊！

● ～ものの

雖然…但是…

➔ {名詞である；形容動詞詞幹な；[形容詞・動詞]普通形}＋ものの

【逆接】表示姑且承認前項，但後項不能順著前項發展下去。後項一般是對於自己所做、所說或某種狀態沒有信心，很難實現等的說法。

1 フランスに留学したとはいうものの、満足にフランス語を話すこともできない。

雖說到過法國留學，卻無法講一口流利的法語。

➔ 例句

2 同じクラスの広瀬さんは、家は近いものの、話があまり合わない。

我和同班的廣瀬同學雖然家住得近，但是聊天卻不太投機。

3 気はまだまだ若いものの、体はなかなか若いころのようにはいきません。

心情儘管還很年輕，但身體已經不如年輕時候那麼有活力了。

4 森村は、顔はなかなかハンサムなものの、ちょっと痩せすぎだ。

森村的長相雖然十分英俊，可就是瘦了一點。

5 自分の間違いに気付いたものの、なかなか謝ることが できない。

雖然發現自己不對，但總是沒辦法道歉。

119

〜やら〜やら

…啦…啦、又…又…

➡ {名詞}＋やら＋{名詞}＋やら、{形容動詞詞幹；[形容詞・動詞]普通形}＋やら＋{形容動詞詞幹；[形容詞・動詞]普通形}＋やら

【例示】表示從一些同類事項中，列舉出兩項。大多用在有這樣，又有那樣，真受不了的情況。多有心情不快的語感。

1 近所に工場ができて、騒音やら煙やら、悩まされているんですよ。

附近開了家工廠，又是噪音啦，又是黑煙啦，真傷腦筋！

➡ **例句**

2 総理大臣やら、有名スターやら、いろいろな人が来ています。	又是內閣總理，又是明星，來了很多人。
3 子どもが結婚して、うれしいやら寂しいやら複雑な気持ちです。	孩子結婚讓人有種又開心又寂寞的複雜心情。
4 赤いのやら黄色いのやら、色とりどりの花が咲いている。	有紅的啦、黃的啦，五顏六色的花朵盛開。
5 先月は家が泥棒に入られるやら、電車で財布をすられるやら、さんざんだった。	上個月家裡不僅遭小偷，錢包也在電車上被偷，真是淒慘到底！

120

〜を〜として、を〜とする、を〜とした

把…視為…（的）、把…當做…（的）

➡ {名詞}＋を＋{名詞}＋として、とする、とした

【條件】表示把一種事物當做或設定為另一種事物，或表示決定、認定的內容。「として」的前面接表示地位、資格、名分、種類或目的的詞。

1 あのグループはライブを中心として活動しています。

那支樂團主要舉行現場演唱。

➡ **例句**

2 この会は卒業生の交流を目的としています。	這個會是為了促進畢業生的交流。
3 高橋さんをリーダーとして、野球愛好会を作った。	以高橋先生為首，成立了棒球同好會。
4 すしを中心とした海鮮料理の店をやっています。	目前開設一家以壽司為招牌菜色的海鮮餐廳。
5 この教科書は日本語の初心者を対象としたものです。	這本教科書的學習對象是日語初學者。

121

Track N2
2-58

● **～をきっかけに（して）、をきっかけとして**

以…為契機、自從…之後、以…為開端

➡ {名詞；[動詞辭書形・動詞た形]の}＋をきっかけに（して）、をきっかけとして

【關連】表示某事產生的原因、機會、動機等。

1 関西旅行をきっかけに、歴史に興味を持ちました。

自從去旅遊關西之後，便開始對歷史產生了興趣。

➡ **例句**

2 がんをきっかけに日本縦断マラソンを始めた。	自從他發現自己罹患癌症以後，就開始了挑戰縱橫全日本的馬拉松長跑。

3 けんかをきっかけとして、二人はかえって
仲良くなりました。

両人自從吵架以後，反而變成好友了。

4 病気になったのをきっかけに、人生を振り
返った。

因為生了一場病，而回顧了自己過去的人生。

5 2月の下旬に再会したのをきっかけにして、
二人は交際を始めた。

自從二月下旬再度重逢之後，兩人便開始交往。

122

Track N2

2-59

● 〜をけいきとして、をけいきに（して）

趁著…、自從…之後、以…為動機

➡ {名詞；[動詞辭書形・動詞た形]の}＋を契機として、を契機に（して）

【關連】表示某事產生或發生的原因、動機、機會、轉折點。

1 子どもが誕生したのを契機として、たばこをやめた。

自從小孩出生後，就戒了煙。

➡ 例句

2 黒船来航を契機にして、日本は鎖国をやめた。

以黑船事件為契機，日本廢止了鎖國政策。

3 就職を契機にして、一人暮らしを始めた。

自從工作以後，就開始了一個人的生活。

4 退職を契機に、もっとゆとりのある生活を
送ろうと思います。

我打算在退休以後，過更為悠閒的生活。

5 失恋したのを契機に、心理学の勉強を始め
た。

自從失戀以後，就開始學心理學。

Track N2
2-60

～をたよりに、をたよりとして、をたよりにして

靠著⋯、憑藉⋯

➔ {名詞}＋を頼りに、を頼りとして、を頼りにして

【依據】表示藉由某人事物的幫助，或是以某事物為依據，進行後面的動作。

1 カーナビを頼りにやっとたどり着いたら、店はも
う閉まっていた。

靠著車上衛星導航總算抵達目的地，結果店家已關門了。

➔ **例句**

2 懐中電灯の光を頼りに、暗い山道を一晩中
歩いた。

靠著手電筒的光，在黑暗的山路中走了一整晚。

3 子どものころの記憶を頼りとして、昔の東
京について語ってみたいと思います。

我想憑著小時候的記憶，談談以前的東京。

4 私はあなただけを頼りにして生きているん
です。

我只依靠你過活。

5 遠い親戚を頼りにして、アメリカへ留学し
た。

去投靠了遠房親戚，這才得以到美國留學。

Track N2
2-61

～をとわず、はとわず

無論⋯都⋯、不分⋯、不管⋯，都⋯

➔ {名詞}＋を問わず、は問わず

❶【無關】表示沒有把前接的詞當作問題、跟前接的詞沒有關係，多接
在「男女」、「昼夜」等對義的單字後面，如例(1)～(3)。

❷〔肯定及否定並列〕前面可接用言肯定形及否定形並列的詞，如例(4)。

❸〔漢字〕使用於廣告文宣時，常為求精簡而省略助詞，因此有漢字比例
較高的傾向，如例(5)。

N2 日語文法・句型詳解

1 ワインは、洋食和食を問わず、よく合う。

無論是西餐或日式料理，葡萄酒都很適合。

➡ **例句**

2 事故現場では、昼夜を問わず救出作業が続いている。

意外現場的救援作業不分晝夜持續進行。

3 その商品は、発売されるや否や、国の内外を問わず大きな反響をよんだ。

那個產品才剛開賣，立刻在國內外受到了極大的矚目。

4 君達がやるやらないを問わず、私は一人でもやる。

不管你們到底要做還是不做，就算只剩我一個也會去做。

5 正社員募集。短大卒以上、専攻問わず。

誠徵正職員工。至少短期大學畢業，任何科系皆可。

125

Track N2 2-62

● ～をぬきにして（は／も）、はぬきにして

1.沒有…就（不能）…；2.去掉…、停止…

➡ {名詞}＋を抜きにして（は／も）、は抜きにして

❶【附帶】「抜き」是「抜く」的ます形，後轉當名詞用。表示沒有前項，後項就很難成立，如例(1)～(3)。

❷【不附帶】表示去掉前項事態，做後項動作，如例(4)、(5)。

1 政府の援助を抜きにして、災害に遭った人々を救うことはできない。

沒有政府的援助，就沒有辦法救出受難者。

➡ **例句**

2 小堀さんの必死の努力を抜きにして成功することはできなかった。

倘若沒有小堀先生的拚命努力絕對不可能成功的。

3 領事館の協力を抜きにしては、この調査は
行えない。

沒有領事館的協助，就沒辦法進行這項調查。

4 建前は抜きにして、本音を聞かせてください。

請不要説場面話，告訴我你的真心話。

5 お世辞は抜きにして、今日の演奏は本当にすばらしかった。

這話不是恭維，今天的演奏真是太精采了！

126

~をめぐって（は）、をめぐる

圍繞著…、環繞著…

➡ ｛名詞｝＋をめぐって、をめぐる

❶【對象】表示後項的行為動作，是針對前項的某一事情、問題進行的，如例(1)～(3)。

❷〖をめぐる＋N〗後接名詞時，用「～をめぐる＋名詞」，如例(4)、(5)。

1 この宝石をめぐっては、手に入れた人は不幸になるという伝説がある。

關於這顆寶石，傳説只要得到的人，就會招致不幸。

➡ 例句

2 さっき訪ねてきた男性をめぐって、女性たちが噂話をしています。

女性們談論著剛才來訪的那個男生。

3 足利尊氏と楠正成をめぐっては、時代によって評価が揺れ動いている。

關於足利尊氏和楠正成，在不同的時代有不同的評價。

4 この映画は、５人の若者たちをめぐる人間模様を描いている。

這部電影是描述關於五個年輕人之間錯綜複雜的關係。

5 首相をめぐる収賄疑惑で、国会は紛糾している。

關於首相的收賄疑雲，在國會引發一場混亂。

127

Track N2
2-64

● ～をもとに（して／した）

以…為根據、以…為參考、在…基礎上

➡ {名詞}＋をもとに（して）

❶【依據】表示將某事物作為後項的依據、材料或基礎等，後項的行為、動作是根據或參考前項來進行的，如例(1)～(3)。

❷〖をもとにした＋N〗用「～をもとにした」來後接名詞，或作述語來使用，如例(4)、(5)。

1 いままでに習った文型をもとに、文を作ってください。

請參考至今所學的文型造句。

➡ 例句

2 集めたデータをもとにして、今後を予測した。

根據蒐集而來的資料預測了往後的走向。

3 「江戸川乱歩」という筆名は、「エドガー・アラン・ポー」をもとにしている。

「江戶川亂步」這個筆名的發想來自於「埃德加・愛倫・坡」。

4 『平家物語』は、史実をもとにした軍記物語である。

《平家物語》是根據史實所編寫的戰爭故事。

5 私の作品をもとにしただと？完全な盗作じゃないか！

竟敢說只是參考我的作品？根本是從頭剽竊到尾啦！

MEMO

● あっての

有了…之後…才能…、沒有…就不能（沒有）…

● {名詞}＋あっての＋{名詞}

❶【強調】表示因為有前面的事情，後面才能夠存在，含有後面能夠存在，是因為有前面的條件，如果沒有前面的條件，就沒有後面的結果了，如例(1)～(3)。

❷〖後項もの、こと〗「あっての」後面除了可接實體的名詞之外，也可接「もの、こと」來代替實體，例如(4)、(5)。

1 読者あっての作家だから、いつも読者の興味に注意を払っている。

有了讀者的支持才能成為作家，所以他總是非常留意讀者的喜好。

● 例句

2 お客様あっての商売ですから、お客様は神様です。

有顧客才有生意，所以要將顧客奉為上賓。

3 有権者あっての政治家だから、有権者の声に耳を傾けるべきです。

沒有選民的支持就沒有政治家，因此應該好好傾聽選民的聲音。

4 彼の筋肉は、日々の努力あってのものだ。

他的肌肉正是每天努力的成果。

5 当社の業績が良好なのも、社員の努力あってのことだ。

本公司能有優良的業績，都要歸功於員工的努力。

Track N1
1-02

いかんだ

1. …如何，要看…、能否…要看…、取決於…；2. …將會如何

➡ {名詞 (の)}＋いかんだ

❶【關連】表示前面能不能實現，那就要根據後面的狀況而定了。「いかん」是「如何」之意，如例(1)～(4)。

❷【疑問】句尾用「～いかん／いかに」表示疑問，「…將會如何」之意。接續用法多以「名詞＋や＋いかん／いかに」的形式，如例(5)。

1 勝利できるかどうかは、チームのまとまりいかんだ。

能否獲勝，就要看團隊的團結與否了。

➡ 例句

2 合併か倒産かは、社長の決断いかんだ。

會合併或是倒閉，全看老闆的決斷了。

3 今春転勤するかどうかは、上の意向いかんだ。

今年春天是否會職務異動，全看上級的意思了。

4 作文で大切なのは、字の上手下手よりも内容のいかんだ。

作文最重要的，不是字跡的漂亮與否，而是取決於內容的優劣。

5 果たして、佐助の運命やいかん。

究竟結果為何，就要看佐助的造化了。

003

 Track N1 1-03

● **いかんで（は）**

要看…如何、取決於…

➡ {名詞（の）}＋いかんで（は）

【對應】表示後面會如何變化，那就要看前面的情況、內容來決定了。「いかん」是「如何」之意，「で」是格助詞。

1 展示方法いかんで、売り上げは大きく変わる。
随著展示方式的不同，營業額也大有變化。

➡ **例句**

2 品質いかんでは、その会社と取引してもいい。	端看品質如何，也可以考慮和那家公司交易。
3 検査結果いかんで、今後の治療方針が決まる。	根據檢查的結果，來決定今後的治療方向。
4 体調のいかんで、週末の予定は取りやめるかもしれない。	視身體狀況如何，或許會取消週末的預定行程。
5 社長の判断のいかんでは、生産中止もあり得る。	按照總經理的判斷，也可能停止生產。

004

 Track N1 1-04

● **いかんにかかわらず**

無論…都…

➡ {名詞（の）}＋いかんにかかわらず

❶【無關】表示不管前面的理由、狀況如何，都跟後面的規定、決心或觀點沒有關係。也就是後面的行為，不受前面條件的限制，強調前項的

內容，對後項的成立沒有影響。

❷〔**いかん＋にかかわらず**〕這是「いかん」跟不受前面的某方面限制的「にかかわらず」（不管…），兩個句型的結合。

1 本人の意向のいかんにかかわらず、業務命令には従ってもらう。

無論個人的意願如何，都要服從公司的命令。

➡ 例句

2 賠償額のいかんにかかわらず、被害者側は和解に応じないつもりだ。

無論賠償金額多寡，被害人方面並不打算和解。

3 審査の結果いかんにかかわらず、ご提出いただいた書類は返却できません。

無論審查結果為何，台端繳交的文件一概不予退還。

4 自覚症状のいかんにかかわらず、手術する必要がある。

無論自覺症狀如何，都必須動手術。

5 理由のいかんにかかわらず、嘘はよくない。

不管有什麼理由，說謊就是不好。

005

● いかんによって（は）

根據…、要看…如何、取決於…

➡ {名詞（の）}＋いかんによって（は）

【依據】表示依據。根據前面的狀況，來判斷後面的可能性。前面是在各種狀況中，選其中的一種，而在這一狀況下，讓後面的內容得以成立。

1 回復具合のいかんによって、入院が長引くかもしれない。

看恢復情況如何，可能住院時間會延長。

N1 日語文法・句型詳解

➡ **例句**

2 反省の態度のいかんによって、処分が軽減
　されることもある。

看反省的態度如何，也有可能減輕處分。

3 判定のいかんによって、試合結果が逆転す
　ることもある。

根據判定，比賽的結果也有可能會翻盤。

4 話し方いかんによって、相手の受け止め方は
　変わってくる。

根據講話的方式，對方接受的態度會有所變化。

5 成績のいかんによっては、卒業できないか
　もしれない。

根據成績的好壞，也有可能畢不了業。

006

● **いかんによらず、によらず**

不管…如何、無論…為何、不按…

➡ {名詞（の）}＋いかんによらず、{名詞}＋によらず

　❶**【無關】**表示不管前面的理由、狀況如何，都跟後面的規定、決心或觀點沒有關係。也就是後面的行為，不受前面條件的限制，強調前項的內容，對後項的成立沒有影響。

　❷〖**いかん＋によらず**〗「如何によらず」是「いかん」跟不受某方面限制的「によらず」（不管…），兩個句型的結合。

1 理由のいかんによらず、ミスはミスだ。
　不管有什麼理由，錯就是錯。

➡ **例句**

2 役職のいかんによらず、配当は平等に分配
　される。

不管職位的高低，紅利都平等分配。

3 天候のいかんによらず、デモは実行される。

不管天氣如何，抗議遊行照常進行。

110

4 アメリカで生まれた子供は、親の国籍によらずアメリカの国籍を取得できる。

在美國出生的孩子就可以取得美國國籍，而不管其父母的國籍為何。

5 この政治家は、年齢や性別によらず、幅広い層から支持されている。

這位政治家在不分年齡與性別的廣大族群中普遍得到支持。

007

Track N1
1-07

● うが、うと（も）

不管是…都…、即使…也…

➡ {[名詞・形容動詞] だろ／であろ；形容詞詞幹かろ；動詞意向形}＋うが、うと（も）

❶【無關】表示逆接假定。前常接疑問詞相呼應，表示不管前面的情況如何，後面的事情都不會改變。後面是不受前面約束的，要接想完成的某事，或表示決心、要求的表達方式，如例(1)〜(3)。

❷〖評價〗可接「隨你便、不干我事」的評價，如例(4)、(5)。

1 たとえライバルが大企業の社長だろうと、僕は彼女を諦めない。

就算情敵是大公司的老闆，我對她也絕不死心。

➡ 例句

2 どんなに苦しかろうが、最後までやり通すつもりだ。	不管有多辛苦，我都要做到完。
3 いくらお金があろうが、毎日が楽しくなければ意味がない。	即使再有錢，如果天天悶悶不樂也就沒意義了。
4 あの人がどうなろうと知ったことではない。	不管那個人會有什麼下場，都不干我的事。
5 他人に何と言われようとも、やりたいようにやる。	不管別人說什麼，只管照著自己想做的去做。

008

Track N1
1-08

● **うが～うが、うと～うと**

不管…、…也好…也好、無論是…還是…

➡ {[名詞・形容動詞] だろ／であろ;形容詞詞幹かろ;動詞意向形}＋うが、うと＋{[名詞・形容動詞] だろ／であろ;形容詞詞幹かろ;動詞意向形}＋うが、うと

【無關】舉出兩個或兩個以上相反的狀態、近似的事物，表示不管前項如何，後項都會成立，或是後項都是勢在必行的。

1 事実だろうとなかろうと、うわさはもう広まってしまっている。

不管事實究竟為何，謠言早就傳開了。

➡ **例句**

2 男だろうと女だろうと、人として大切なことは同じだ。

不管是男人還是女人，人生中重要的事都是相同的。

3 高かろうが安かろうが、これがほしいと言ったらこれがほしい。

不管昂貴還是便宜，我說我想要就是想要。

4 あなたが私を好きだろうと嫌いだろうと、痛くもかゆくもない。

你喜歡我也好，討厭我也罷，對我來說根本不痛不癢。

5 泣こうがわめこうが、明日の試合で全てが決まる。

哭泣也好，吶喊也罷，明天的比賽將會決定一切。

009

Track N1
1-09

● **うが～まいが**

不管是…不是…、不管…不…

➡️ {動詞意向形}＋うが＋{動詞辭書形；動詞否定形（去ない）}＋まいが

   ❶【無關】表示逆接假定條件。這句型利用了同一動詞的肯定跟否定的意向形，表示無論前面的情況是不是這樣，後面都是會成立的，是不會受前面約束的，如例(1)～(3)。

   ❷〖冷言冷語〗表示對他人冷言冷語的説法，如例(4)。

   ❸〖同うと～まいと〗用法跟「うと～まいと」一樣，如例(5)。

1 台風が来ようが来るまいが、出勤しなければ
  ならない。

  不管颱風來不來，都得要上班。

➡️ 例句

2 望もうが望むまいが、グローバル化の流れは止まらない。	希望也好，不希望也罷，全球化的浪潮依舊持續推進。
3 この会社は、大学を出ていようがいまいが、実力があれば活躍できる。	這家公司看待員工，不論是不是大學畢業生，只要有實力，就會被賦予重任。
4 真面目に働こうが働くまいが、俺の勝手だ。	不管要認真工作還是不工作，那都是我的自由！
5 彼が賛成しようとするまいと、私はやる。	不管他贊不贊成，我都會做。

010

Track N1
1-10

⚫ うと～まいと

做…不做…都…、不管…不

➡️ {動詞意向形}＋うと＋{動詞辭書形；動詞否定形（去ない）}＋まいと

   ❶【無關】跟「～うが～まいが」一樣，表示逆接假定條件。這句型利用了同一動詞的肯定跟否定的意向形，表示無論前面的情況是不是這樣，後面都是會成立的，是不會受前面約束的，如例(1)～(4)。

   ❷〖冷言冷語〗表示對他人冷言冷語的説法，如例(5)。

1 売れようと売れまいと、いいものを作りたい。

不論賣況好不好，我就是想做好東西。

➡ 例句

2 受け入れようと受け入れまいと、死は誰にでもやって来る。

不管能不能接受，誰都有面臨死亡的一天。

3 景気が回復しようとしまいと、私の仕事にはあまり関係がない。

無論景氣是否恢復，與我的工作沒有太大的相關。

4 裁判に勝とうと勝つまいと、殺された娘は帰って来ない。

不管這場官司打贏或打輸，總之被殺死的女兒都不會復活了。

5 彼女に男がいようといまいと、知ったことではない。

管她有沒有男朋友，那都不關我的事。

011

Track N1 1-11

● うにも〜ない

即使想…也不能…

➡ {動詞意向形}＋うにも＋{動詞可能形的否定形}

❶【可能】表示因為某種客觀的原因，即使想做某事，也難以做到。是一種願望無法實現的説法。前面要接動詞的意向形，表示想達成的目標。後面接否定的表達方式，可接同一動詞的可能形否定形，如例 (1)〜(3)。

❷〖ようがない〗後項不一定是接動詞的可能形否定形，也可能接表示「沒辦法」之意的「ようがない」，如例(4)、(5)。另外，前接サ行變格動詞時，除了用「詞幹＋しようがない」，還可用「詞幹＋のしようがない」。

1 語彙が少ないので、文を作ろうにも作れない。

語彙太少了，想寫句子也寫不成。

➡ 例句

2 この天気じゃ、出かけようにも出かけられないね。	依照這個天氣看來，就算想出門也出不去吧。
3 家に帰ってこないので、話そうにも話せない。	他沒有回家，就是想跟他說也沒辦法。
4 彼のことは、忘れようにも忘れようがない。	對他，我就算想忘也忘不了。
5 事故の状況を確認しようにも、電話がつながらず確認のしようがない。	即使想確認事故的狀況，但是電話聯繫不上，根本無從確認起。

Track N1 1-12

012

● うものなら

如果要…的話，就…

➡ {動詞意向形}＋うものなら

【條件】 表示假設萬一發生那樣的事情的話，事態將會十分嚴重。後項一般是嚴重、不好的事態。是一種比較誇張的表現。

1 昔は、親に反抗しようものならすぐに叩かれたものだ。

以前要是敢反抗父母，一定會馬上挨揍。

➡ 例句

2 あの犬は、ちょっとでも近づこうものならすぐ吠えます。	只要稍微靠近那隻狗就會被吠。
3 彼は、女性にちょっと優しくされようものなら、「アイツは俺に気がある」と思い込む。	他呀，只要女生對他稍微溫柔一點，就會認定「那傢伙對我有意思」。

4 もし浮気でもしようものなら、妻に殺されるに違いない。

假如我發生外遇，肯定會被妻子殺死的。

5 教室で騒ごうものなら、先生にひどく叱られます。

只要敢在教室裡吵鬧，肯定會被老師罵得很慘。

013

Track N1
1-13

● かぎりだ

1. 真是太…、…得不能再…了、極其…；2. 只限…

➡ {名詞；形容詞辭書形；形容動詞詞幹な}＋限りだ

❶【極限】表示喜怒哀樂等感情的極限。這是說話人自己在當時，有一種非常強烈的感覺，這個感覺別人是不能從外表客觀地看到的。由於是表達說話人的心理狀態，一般不用在第三人稱的句子裡。

❷【限定】如果前接名詞時，則表示限定，這時大多接日期、數量相關詞，如「制服を着るのも今日限りだ」（穿制服也只限本日了）。

1 孫の花嫁姿が見られるとは、うれしい限りだ。

能夠看到孫女穿婚紗的樣子，真叫人高興啊！

➡ 例句

2 あんなすてきな人と結婚できて、うらやましい限りだ。

能和條件那麼好的人結婚，實在讓人羨慕極了。

3 そんなことも知らなかったとは、お恥ずかしい限りです。

連那種事都不知道，實在是丟臉到了極點。

4 留学するためとはいえ、いろいろな書類を揃えるのは面倒な限りだ。

雖說是為了留學，但還要準備各式各樣的文件，實在是麻煩得要命。

5 好きな人と結婚できて、幸せな限りです。

能和心愛的人結婚，可以說是無上的幸福。

014

Track N1
1-14

● **がさいご、たらさいご**

（一旦…）就必須…、（一…）就非得…

➡ {動詞た形}＋が最後、たら最後

❶【條件】表示一旦做了某事，就一定會產生後面的情況，或是無論如何都必須採取後面的行動。後面接説話人的意志或必然發生的狀況，且後面多是消極的結果或行為，如例(1)～(3)。

❷〖**たら最後～可能否定**〗「たら最後」的接續是「動詞た形＋ら＋最後」而來的，是更口語的説法，句尾常用可能形的否定，如例(4)、(5)。

1 契約にサインしたが最後、その通りにやるしかない。

一旦在契約上簽了字，就只能按照上面的條件去做了。

N 1

➡ **例句**

2 横領がばれたが最後、会社を首になった上に妻は出て行った。

盗用公款一事遭到了揭發之後，不但被公司革職，到最後甚至連妻子也離家出走了。

3 これを逃したら最後、こんなチャンスは二度とない。

萬一放過了這一次，就再也不會遇到第二次機會了。

4 ここをクリックしたら最後、もう元には戻せないから気をつけてね。

要小心喔，按下這個按鍵以後，可就再也沒辦法恢復原狀了。

5 この地に足を踏み入れたが最後、一生出られない。

一旦踏進這個地方，就一輩子出不去了。

015

Track N1
1-15

● **かたがた**

順便…、兼…、一面…一面…、邊…邊…

➡ ｛名詞｝＋かたがた

【附帶】表示在進行前面主要動作時，兼做（順便做）後面的動作。也就是做一個行為，有兩個目的。前接動作性名詞，後接移動性動詞。前後的主語要一樣。大多用於書面文章。

1 帰省かたがた、市役所に行って手続きをする。
返鄉的同時，順便去市公所辦手續。

➡ 例句

2 出張かたがた、昔の同僚に会ってこよう。
出差時，順道去拜訪以前的同事吧！

3 会社訪問かたがた、先輩にも挨拶しておこう。
拜訪公司的同時，也順便跟前輩打個招呼吧！

4 結婚の報告かたがた、恩師を訪ねた。
去拜訪了恩師，順便報自己即將結婚。

5 以上、お礼かたがたご報告申し上げます。
以上，謹此報告並敬表謝意。

016
Track N1
1-16

● **かたわら**

1. 一邊…一邊…、同時還…；2. 在…旁邊

➡ ｛名詞の；動詞辭書形｝＋かたわら

❶**【附帶】**表示在做前項主要活動、工作以外，在空餘時間之中還做別的活動、工作。前項為主，後項為輔，且前後項事情大多互不影響，如例(1)～(4)。跟「～ながら」相比，「～かたわら」通常用在持續時間較長的，以工作為例的話，就是在「副業」的概念事物上。

❷**【身旁】**在身邊、身旁的意思，如例(5)。用於書面。

1 支店長として多忙を極めるかたわら、俳人としても活動している。

他一邊忙碌於分店長的工作，一邊也以俳人的身分活躍於詩壇。

➡ 例句

2 彼女は執筆のかたわら、あちこちで講演活動をしている。

她一面寫作，一面到處巡迴演講。

3 妻は主婦業のかたわら、株でもうけている。

妻子是家庭主婦，同時也靠股票賺錢。

4 銀行に勤めるかたわら、小説も書いている。

一面在銀行工作，一面也寫小説。

5 はしゃいでいる妹のかたわらで、姉はぼんやりしていた。

妹妹歡鬧不休，一旁的姊姊卻愣愣地發呆。

017

Track N1
1-17

● がてら

1.順便、在…同時、借…之便；2.一邊…，一邊…

➡ {名詞；動詞ます形}＋がてら

❶【附帶】表示在做前面的動作的同時，借機順便（附帶）也做了後面的動作。大都用在做後項，結果也可以完成前項的場合，也就是做一個行為，有兩個目的，後面多接「行く、歩く」等移動性相關動詞，如例(1)〜(5)。

❷【同時】表示兩個動作同時進行，前項動作為主，後項從屬於前項。意思相當於「ながら」。例如：「勉強しがてら音楽を聞く／一邊學習一邊聽音樂」。

1 自分の診察がてら、おじいちゃんの薬ももらって来る。

我去看病時，順便領爺爺的藥回來。

➡ 例句

2 運動がてら、自転車で通勤している。 | 平常都騎自行車上班，順便運動。

3 孫を迎えに行きがてら、パン屋に寄る。 | 去接孫子，順便到麵包店。

4 パソコンで遊びがてら写真を加工してみた。 | 嘗試用電腦好玩地把照片加上了後製。

5 散歩がてら、祖母の家まで行ってきた。 | 散步時順道繞去了祖母家。

018

Track N1
1-18

● （か）とおもいきや

原以為…、誰知道…

➡ {[名詞・形容詞・形容動詞・動詞]普通形；引用的句子或詞句}＋（か）と思いきや

【預料外】表示按照一般情況推測，應該是前項的結果，但是卻出乎意料地出現了後項相反的結果，含有説話人感到驚訝的語感。後常跟「意外に（も）、なんと、しまった、だった」相呼應。本來是個古日語的説法，而古日語如果在現代文中使用通常是書面語，但「～（か）と思いきや」多用在輕鬆的對話中，不用在正式場合。

1 素足かと思いきや、ストッキングを履いていた。

原本以為她打赤腳，沒想到是穿著絲襪。

➡ 例句

2 難しいかと思いきや、意外に簡単だった。 | 原以為很困難的，卻出乎意料的簡單。

3 5,000円で十分かと思いきや、消費税を足して5,040円だった。 | 本來以為5,000圓就綽綽有餘，想不到加上消費稅後變成5,040圓了。

120

4 さっき出発したかと思いきや、3分で帰ってきた。

以為他剛出發了，誰知道才過三分鐘就回來了。

5 父は許してくれまいと思いきや、応援すると言ってくれた。

原本以為父親不會答應，沒料到他竟然說願意支持我。

● がはやいか

剛一…就…

● {動詞辭書形}＋が早いか

【時間前後】表示剛一發生前面的情況，馬上出現後面的動作。前後兩動作連接十分緊密，前一個剛完，幾乎同時馬上出現後一個。由於是客觀描寫現實中發生的事物，所以後句不能用意志句、推量句等表現。

1 娘の顔を見るが早いか、抱きしめた。

一看到女兒的臉，就緊緊地抱住了她。

● 例句

2 デビューするが早いか、たちまち人気アイドルになった。

才剛剛出道，立刻一躍而成人氣偶像了。

3 彼はいつも、終業時間が来るが早いか退社する。

他總是一到下班時間就立刻離開公司。

4 横になるが早いか、いびきをかきはじめた。

一躺下來就立刻鼾聲大作。

5 店頭に商品が並ぶが早いか、たちまち売り切れた。

商品剛擺上架，立刻就銷售一空。

020

Track N1
1-20

● **がゆえ（に）、がゆえの、（が）ゆえだ**

因為是…的關係；…才有的…

➡ {[名詞・形容動詞詞幹]（である）;[形容詞・動詞]普通形}＋（が）故（に）、（が）故の、（が）故だ

❶【原因】是表示原因、理由的文言説法，如例(1)～(3)。
❷〖故の＋N〗使用「故の」時，後面要接名詞，如例(4)。
❸〖省略に〗「に」可省略，如例(5)。書面用語。

1 電話で話しているときもついおじぎをしてしまうのは、日本人であるが故だ。

由於身為日本人，連講電話時也會不由自主地鞠躬行禮。

➡ **例句**

2 命は、はかない（が）故に貴い。

生命無常，因此更顯得可貴。

3 厳しいことを言うのも、君のためを思うが故だ。

之所以嚴厲訓斥，也是為了你好。

4 事実を知ったが故の苦しみもある。

有時認清事實，反而會讓自己痛苦。

5 若さ故（に）、過ちを犯すこともある。

年少也會因輕狂而犯錯。

021

Track N1
1-21

● **からある、からする、からの**

足有…之多…、值…、…以上

➡ {名詞（數量詞）}＋からある、からする、からの

❶【數量多】前面接表示數量的詞，強調數量之多。含有「目測大概這麼多，説不定還更多」的意思。前接的數量，多半是超乎常理的。前面

接的數字必須為尾數是零的整數，一般重量、長度跟大小用「からある」，價錢用「からする」，如例(1)～(4)。

❷〖からのN〗後接名詞時，用「からの」，如例(5)。

1 10 キロからある<ruby>大物<rt>おおもの</rt></ruby>の<ruby>魚<rt>さかな</rt></ruby>を<ruby>釣<rt>つ</rt></ruby>った。

釣到了一條起碼重達十公斤的大魚。

➡ 例句

2 20 キロからあるスーツケースを<ruby>一人<rt>ひとり</rt></ruby>で<ruby>運<rt>はこ</rt></ruby>んだ。

一個人搬了重達二十公斤的行李箱。

3 <ruby>彼<rt>かれ</rt></ruby>の<ruby>絵<rt>え</rt></ruby>は<ruby>小<rt>ちい</rt></ruby>さな<ruby>作品<rt>さくひん</rt></ruby>でも 20 <ruby>万円前後<rt>まんえんぜんご</rt></ruby>から<ruby>高<rt>たか</rt></ruby>いもので 200 <ruby>万円<rt>まんえん</rt></ruby>からするものまであります。

他的畫作就算是小幅畫作也要從二十萬圓左右起跳，高價的甚至要價兩百萬圓。

4 あの<ruby>俳優<rt>はいゆう</rt></ruby>は<ruby>今晩<rt>こんばん</rt></ruby>、<ruby>一泊<rt>いっぱく</rt></ruby> 140 <ruby>万円<rt>まんえん</rt></ruby>からするホテルに<ruby>泊<rt>と</rt></ruby>まる。

那個演員今晚住在一晚要價一百四十萬圓的飯店。

5 <ruby>祭<rt>まつ</rt></ruby>りには 10 <ruby>万人<rt>まんにん</rt></ruby>からの<ruby>観光客<rt>かんこうきゃく</rt></ruby>が<ruby>訪<rt>おとず</rt></ruby>れた。

超過十萬人以上的觀光客參加了這場祭典。

022

Track N1
1-22

● かれ～かれ

或…或…、是…是…

➡ {形容詞詞幹}＋かれ＋{形容詞詞幹}＋かれ

❶【無關】接在意思相反的形容詞詞幹後面，舉出這兩個相反的狀態，表示不管是哪個狀態、哪個場合都如此、都無關的意思。原為古語用法，但「遅かれ早かれ」（遲早）、「多かれ少なかれ」（或多或少）、「善かれ悪しかれ」（不論好壞）已成現代日語中的慣用句用法。

❷〖あしかれ、よかれ〗要注意「善（い）かれ」古語形容詞不是「いかれ」而是「よかれ」，「悪（わる）い」不是「悪（わる）かれ」，而是「悪（あ）しかれ」。

日語文法・句型詳解

1 あの二人が遅かれ早かれ別れることは、目に
見えていた。

那兩個人遲早都會分手,我早就料到了。

➡ 例句

2 どんな人にも、遅かれ早かれ死が訪れる。

不管是誰,早晚都難逃一死。

3 人には、多かれ少なかれ悩みがあるものだ。

人,多多少少總有煩惱。

4 善かれ悪しかれ、私達はグローバル化の時
代に生きているのだ。

不管是好是壞,我們就是生活在國際化的時代。

5 親の生き方は、善かれ悪しかれ、子に影響
を及ぼす。

父母的生活方式,不管是好還是壞,都會對兒女造成影響。

023

Track N1
1-23

● きらいがある

有一點…、總愛…、有…的傾向

➡ {名詞の;動詞辭書形}+きらいがある

❶【傾向】表示有某種不好的傾向,容易成為那樣的意思。多用在對這不好的傾向,持批評的態度。而這種傾向從表面是看不出來的,它具有某種本質性的性質,如例(1)〜(4)。

❷『どうも〜きらいがある』一般以人物為主語。以事物為主語時,多含有背後為人物的責任,如例(5)。書面用語。常用「どうも〜きらいがある」。

1 嫌なことがあるとお酒に逃げるきらいがある。

一旦面臨討厭的事情,總愛藉酒來逃避。

➡ 例句

2 あの政治家は、どうも女性蔑視のきらいが　　我覺得那位政治家似乎有蔑
あるような気がする。　　　　　　　　　　視女性的傾向。

3 彼はすぐ知ったかぶりをするきらいがある。　他有不懂裝懂的毛病。

4 このごろの若い者は、歴史に学ばないきら　　近來的年輕人，似乎有不懂
いがある。　　　　　　　　　　　　　　　得從歷史中記取教訓的傾向。

5 あの新聞は、どうも左派寄りのきらいがあ　　那家報紙似乎有偏左派的傾
る。　　　　　　　　　　　　　　　　　　向。

024

Track N1
1-24

● ぎわに、ぎわの

臨到…、在即…、迫近…

➡ ❶【時點】{動詞ます形}＋ぎわに、ぎわの＋｛名詞｝。表示事物臨近
某狀態，或正當要做什麼的時候，如例(1)、(2)。
❷【界線】{動詞ます形}＋ぎわに；｛名詞の｝＋きわに。表示和其他
事物間的分界線，特別注意的是「際」原形讀作「きわ」，常用「名詞
の＋際」的形式，如例(3)～(5)。常用「瀬戸際（せとぎわ）」（關鍵
時刻）、「今わの際（いまわのきわ）」（臨終）的表現方式。

1 白鳥は、死にぎわに美しい声で鳴くといわれ
ています。

據説天鵝瀕死之際會發出淒美的聲音。

➡ 例句

2 散りぎわの桜は、はかなくて切ないもので　　開始凋謝飄零的櫻花，散落
す。　　　　　　　　　　　　　　　　　　一地的虛無與哀愁。

3 目の際に、小さなできものができました。　　我的眼睛附近長出了一粒東
　　　　　　　　　　　　　　　　　　　　　西。

4 今こそ、会社が生き残れるか否かの瀬戸際だ。

此時正是公司存亡與否的關鍵時刻。

5 祖父は、いまわの際に、先祖伝来の財宝のありかを言い残した。

爺爺臨終前交代了歷代傳承財寶的所在位置。

025

● きわまる

極其…、非常…、…極了

➡ ❶【極限】{形容動詞詞幹}＋きわまる。形容某事物達到了極限，再也沒有比這個更為極致了。這是説話人帶有個人感情色彩的説法。是書面用語。如例(1)～(3)。
❷〖N（が）きわまって〗{名詞（が）}＋きわまって。前接名詞，如例(4)、(5)。

1 毎日同じことの繰り返しで、退屈きわまる。

每天都重複做相同的事情，無聊到了極點。

➡ 例句

2 戦地へ赴くなんて、危険きわまる。

居然要去戰場，實在太危險了！

3 奴の言いようは無礼きわまる。

那傢伙講話的態度真是無禮至極！

4 多忙がきわまって体調を崩した。

過於忙碌，而弄垮了身體。

5 大勢の人に迎えられ感激きわまった。

這麼多人來迎接我，真叫人是感激不已。

026

○ きわまりない

極其…、非常…

➡ {形容詞辭書形こと；形容動詞詞幹（なこと）}＋きわまりない

【極限】「きわまりない」是「きわまる」的否定形，雖然是否定形，但沒有否定意味，意思跟「きわまる」一樣。「きわまりない」是形容某事物達到了極限，再也沒有比這個更為極致了，這是説話人帶有個人感情色彩的説法，跟「きわまる」一樣。前面常接「残念、残酷、失礼、不愉快、不親切、不可解、非常識」等負面意義的漢語。

1 彼女の対応は、失礼きわまりない。

她的應對方式，太過失禮了。

➡ 例句

2 奴の運転は、荒っぽいこときまわりない。

那傢伙開車的樣子簡直像不要命。

3 彼女に四六時中監視されているようで、わずらわしいこときわまりない。

女友好像時時刻刻都在監視我，簡直把我煩得要命！

4 あと少しだったのに、残念なこときわまりない。

只差一點點就達成了，真是令人遺憾無比。

5 このビジネスは、単調なこときわまりない。

這份事務工作非常枯燥乏味。

027

Track N1 1-27

● くらいなら、ぐらいなら

與其…不如…（比較好）、與其忍受…還不如…

➡ {動詞辭書形}＋くらいなら、ぐらいなら

【比較】表示與其選擇前者，不如選擇後者。説話人對前者感到非常厭惡，認為與其選叫人厭惡的前者，不如後項的狀態好。常用「くらいなら～方がましだ、くらいなら～方がいい」的形式，為了表示強調，後也常和「むしろ」（寧可）相呼應。「ましだ」表示雖然兩者都不理想，但比較起來還是這一方好一些。

1 浮気するぐらいなら、むしろ別れたほうがいい。

如果要移情別戀，倒不如分手比較好。

➡ **例句**

2 コンビニ弁当、捨てるくらいなら、値引きすればいいのでは？

與其把便利商店的過期便當盒丟掉，不如降價賣掉不是比較好？

3 謝るぐらいなら、最初からそんなことしなければいいのに。

早知道要道歉，不如當初別做那種事就好了嘛！

4 書き直すくらいなら、初めからていねいに書きなさいよ。

早知道必須重寫，不如起初就仔細書寫，那樣不是比較好嗎？

5 あんな人と結婚させられるぐらいなら、死んだ方がましです。

假如逼我和那種人結婚的話，我不如去死還來得乾脆。

028

Track N1
1-28

● **ぐるみ**

全部的…

➡ {名詞}＋ぐるみ

【範圍】表示整體、全部、全員。前接名詞時，通常為慣用表現。

1 強盗に身ぐるみはがされた。

被強盗洗劫一空。

➡ **例句**

2 お祭りに観光客がたくさん来てくれるよう、町ぐるみで取り組む。

為了讓許多觀光客前來祭典，全村都忙了起來。

3 これは組織ぐるみの違法行為に違いない。

那毫無疑問的是整個組織犯下的違法行為。

4 林田さんとは、家族ぐるみのお付き合いをしている。

我和林田先生兩家平常都有來往。

5 子育ては地域ぐるみでサポートすべきだ。

養育孩子應該要由地區全體居民共同協助。

029

● こそあれ、こそあるが

1. 雖然、但是；2. 只是（能）

➡ {名詞；形容動詞て形}＋こそあれ、こそあるが

❶【逆接】為逆接用法。表示即使認定前項為事實，但説話人認為後項才是重點，如例(1)、(2)。「こそあれ」是古語的表現方式，現在較常使用在正式場合或書面用語上。

❷【強調】有強調「是前項，不是後項」的作用，比起「こそあるが」，更常使用「こそあれ」，如例(3)～(5)。

1 程度の差こそあれ、人は誰でもストレスを感じながら生きているものです。

雖然有程度的差距，但不管是誰都懷抱著壓力而活著。

➡ 例句

2 彼は真面目でこそあるが、優柔不断なところが欠点だ。

他是很認真沒錯，但是優柔寡斷是他的缺點。

3 子どもが悪いことをしたら叱るのは、親の義務でこそあれ、虐待ではない。

小孩做錯事而訓斥他，只是父母的義務，談不上是虐待。

4 私は親に恨みこそあれ、恩義などない。

我對父母只有恨意，沒有恩情。

5 あの人は、財産こそあれ、人としての心がない。

那個人有的只是財產，並沒有人性。

N
1

129

030

Track N1
1-30

● こそすれ

只會⋯、只是⋯

→ {名詞；動詞ます形}＋こそすれ

【強調】後面通常接否定表現，用來強調前項才是正確的，而不是後項。

1 これ以上放っておけば、今後地球環境は悪くなりこそすれ、良くなることは決してありません。

再繼續棄之不理的話，今後地球環境只會惡化，絕對不會好轉的。

→ 例句

2 新しい政府の顔ぶれを見ても、失望こそすれ、希望などまったくわいてこなかった。

看到新政府的幕僚，只有感到失望，完全沒有湧現任何希望。

3 私は彼の才能を称賛こそすれ、嫉妬などしていない。

我對他的才華只有讚賞，沒有嫉妒。

4 両国の関係は、今後も強まりこそすれ、弱まることはないだろう。

兩國間的關係今後應當會愈形強化，而不至於愈發疏遠吧。

5 山田さんは、ダイエットしようと言っていながらあの食べ方では、体重は増えこそすれ、減ることはないよ。

山田小姐說要減肥，但依照她的吃法，體重只會增加，不會減輕的喔！

031

Track N1
1-31

● ごとし、ごとく、ごとき

如⋯一般（的）、同⋯一樣（的）

➡ ❶【比喻】{名詞の；動詞辭書形；動詞た形}＋（が）如し、如く、如き。好像、宛如之意，表示事實雖然不是這樣，如果打個比方的話，看上去是這樣的，如例(1)、(2)。

❷〔格言〕出現於中國格言中，如例(3)。

❸〔Ｎごとき(に)〕{名詞}＋如き（に）。前面接的名詞，通常帶有謙讓或輕視之意，表示「像…那樣的…」，如例(4)、(5)。

❹〔位置〕「ごとし」只放在句尾；「ごとく」放在句中；「ごとき」可以用「～ごとき＋名詞」的形式，形容「宛如…的…」。

1 彼女は天使の如き微笑で、みんなを魅了した。

她用宛如天使般的微笑，讓眾人入迷。

➡ 例句

2 父の死に顔は、眠っているが如く安らかだった。

父親當時的遺容宛如沉睡般安詳。

3 光陰矢の如し。

光陰似箭。

4 私如きがやらせていただいていいんですか。

如此重任交給像我這樣的人來做真的可以嗎？

5 お前ごときが俺に勝てると思うのか。

就憑你這種貨色，以為贏得了我嗎？

032

Track N1
1-32

● ことだし

由於…

➡ {[名詞・形容動詞詞幹]である;形容動詞詞幹な;[形容詞・動詞]普通形}＋ことだし

【原因】後面接決定、請求、判斷、陳述等表現，表示之所以會這樣做、這樣認為的理由或依據。是口語用法，語氣較為輕鬆。

1 まだ早いけれど、目が覚めてしまったことだし、起きよう。

雖然還早，但都已經醒來了，起床吧！

➡ 例句

2 中国は父の故郷であることだし、一度は行ってみたい。

中國既是父親的故鄉，我想去一趟看看。

3 もう随分遅いことだし、そろそろ失礼します。

時間也不晚了，我該告辭了。

4 今日は晴れて空気がきれいなことだし、ハイキングにでも行くことにしよう。

今天天氣晴朗，空氣又清新，登山健行去吧！

5 家事も終ったことだし、買い物がてら、コーヒーでも飲もう。

因為做完家事了，購物的同時，順便去喝杯咖啡吧！

033

● こととて

1.（總之）因為…；3.雖然是…也…

➡ {名詞の；形容動詞詞幹な；[形容詞・動詞]普通形}＋こととて

❶【原因】表示順接的理由、原因。常用於道歉或請求原諒時，後面伴隨著表示道歉、請求原諒的內容，或消極性的結果，如例(1)～(3)。

❷〔古老表現〕是一種正式且較為古老的表現方式，因此前面也常接古語。書面用語。如例(4)。

❸【逆接條件】表示逆接的條件，「雖然是…也…」的意思，如例(5)。

1 初めてのこととて、すっかり緊張してしまった。

由於是第一次遇到的狀況，緊張得不得了。

⇒ 例句

2 不慣れなこととて（≒慣れないこととて）、行き届かないところも多々あったかと存じます。

由於還不熟練，想必有許多未盡周到之處。

3 子供のしたこととて、どうかお許しください。

畢竟是小孩犯的錯，望請寬宏大量。

4 慣れぬこととて、失礼いたしました。

因為不習慣，所以失禮了。

5 知らぬこととて、許される過ちではない。

這不是説不知道，就可以被原諒的。

034

Track N1
1-34

● ことなしに、なしに

1. 不…就…、沒有…；2. 不…而…

⇒ {動詞辭書形}＋ことなしに；{名詞}＋なしに

❶【非附帶】接在表示動作的詞語後面，表示沒有做前項應該先做的事，就做後項。意思跟「ないで、ず（に）」相近。書面用語，口語用「ないで」，如例(1)～(3)。

❷【必要條件】「ことなしに」表示沒有做前項的話，後面就沒辦法做到的意思，這時候，後多接有可能意味的否定表現，口語用「～しないで～ない」，如例(4)、(5)。

1 何の説明もなしに、いきなり彼女に「もう会わない」と言われた。

連一句解釋也沒有，女友突然就這麼扔下一句「我不會再跟你見面了」。

⇒ 例句

2 電話の一本もなしに外泊するなんて、心配するじゃないの。

連打通電話説一聲都沒有就擅自在外面留宿，家裡怎麼會不擔心呢！

3 我々への連絡なしに、計画が変更されていた。

没有聯絡我們就擅自更改了計畫。

4 人と接することなしに、人間として成長することはできない。

不與人相處，就無法成長。

5 苦しみを知ることなしに、喜びは味わえない。

没有受過痛苦，就無法嘗到喜悦。

035

Track N1
1-35

● この、ここ～というもの

整整…、整個…來

➡ この、ここ＋{期間・時間}＋というもの

【強調期間】前接期間、時間的詞語，表示時間很長，「這段期間一直…」的意思。說話人對前接的時間，帶有感情地表示很長。

1 ここ数週間というもの、休日もひたすら仕事に追われていました。

最近連續幾星期的假日都在加班工作。

➡ **例句**

2 この 10 年間というもの、私は夫のいびりに耐えてきた。

這十年來，我一直忍耐著丈夫的鼾聲。

3 この 2 年間というもの、彼女のことを思わない日は 1 日もなかった。

這兩年以來，我沒有一天不思念她。

4 ここ数日というもの、睡眠不足で会社でも眠気が襲ってくる。

這幾天連續失眠，在公司裡也睏意襲人。

5 ここ 1 週間というもの、ろくなものを食べていない気がします。

我覺得我這一個禮拜，都沒有吃到像樣的三餐。

036

● （さ）せられる

不禁…、不由得…

➔ {動詞使役被動形}＋（さ）せられる

【強調感情】表示説話者受到了外在的刺激，自然地有了某種感觸。

1 この本には、考えさせられた。

これ本不禁讓我思考了許多。

➔ **例句**

2 雄大な景色を見て、自然の偉大さを感じさせられた。

看到雄壯的景色，不禁讓我感受到大自然的偉大。

3 彼女の歌には、感動させられた。

她的歌令人感動。

4 大貫さんの真面目な勉強ぶりには感心させられる。

不得不佩服大貫同學認真讀書的樣子。

5 これは、生きることの意味を考えさせられる優れたアニメです。

這是一部令人思索生命意義的傑出動畫。

● しまつだ

（結果）竟然…、落到…的結果

➔ {動詞辭書形；この／その／あの}＋始末だ

【結果】表示經過一個壞的情況，最後落得一個更壞的結果。前句一般是敘述事情發生的情況，後句帶有譴責意味地，陳述結果竟然發展到這樣的地步。有時候不必翻譯。

1 社長の脱税が発覚し、会社まで警察の捜査を受けるしまつだ。

總經理被查到逃稅，落得甚至有警察來公司搜索的下場。

➡ 例句

2 酒ばかり飲んで、あげくの果ては奥さんに暴力をふるうしまつだ。

> 他成天到晚只曉得喝酒，到最後甚至到了向太太動粗的地步。

3 うちの娘ときたら、仕事ばっかりして行き遅れるしまつだ。

> 說起我家的女兒呀，只顧著埋首工作，到頭來落得遲遲嫁不出去的老姑娘的下場。

4 借金を重ねたあげく、夜逃げするしまつだ。

> 在欠下多筆債務後，落得躲債逃亡的下場。

5 良く考えずに投資なんかに手を出すから、このしまつだ。

> 就是因為未經仔細思考就輕易投資，才會落得如此下場。

038

Track N1
1-38

● じゃあるまいし、ではあるまいし

又不是…

➡ {名詞；[動詞辭書形・動詞た形] わけ}＋じゃあるまいし、ではあるまいし

【主張】表示由於並非前項，所以理所當然為後項。前項常是極端的例子，用以說明後項的主張、判斷、忠告。帶有斥責、諷刺的語感。

1 テレビドラマや映画じゃあるまいし、そんなことがあってたまるか。

又不是電視劇還是電影，怎麼可能會有那樣的事。

➡ 例句

2 神様ではあるまいし、いつ大きな地震が起こるかなんて分かるわけがありません。

> 又不是神明，哪知道什麼時候會有大地震。

3 世界の終わりではあるまいし、そんなに悲観する必要はない。

> 又不是到了世界末日，不必那麼悲觀。

4 子<ruby>子<rt>こ</rt></ruby>どもじゃあるまいし、これぐらい分<ruby>分<rt>わ</rt></ruby>かる
　でしょ。

又不是小孩，這應該懂吧！

5 南極<ruby>南極<rt>なんきょく</rt></ruby>に行<ruby>行<rt>い</rt></ruby>くわけではあるまいし、そんな厚<ruby>厚<rt>あつ</rt></ruby>い
　オーバー持<ruby>持<rt>も</rt></ruby>って行<ruby>行<rt>い</rt></ruby>かなくてもいいでしょう。

又不是去南極，用不著帶那
麼厚的大衣去吧？

● ずくめ

清一色、全都是、淨是…

➔ {名詞}＋ずくめ

【**樣態**】前接名詞，表示全都是這些東西、毫不例外的意思。可以用在顏
色、物品等；另外，也表示事情接二連三地發生之意。前面接的名詞通常都
是固定的慣用表現，例如會用「黒ずくめ」，但不會用「赤ずくめ」。

1 うれしいことずくめの１ヶ月<ruby>月<rt>げつ</rt></ruby>だった。

這一整個月淨是遇到令人高興的事。

➔ 例句

2 観測史上<ruby>観測史上<rt>かんそくしじょう</rt></ruby>もっとも短<ruby>短<rt>みじか</rt></ruby>い梅雨<ruby>梅雨<rt>つゆ</rt></ruby>、もっとも多<ruby>多<rt>おお</rt></ruby>い
　真夏日<ruby>真夏日<rt>まなつび</rt></ruby>など、記録<ruby>記録<rt>きろく</rt></ruby>ずくめの夏<ruby>夏<rt>なつ</rt></ruby>だった。

那完全是創下氣象觀測史上
梅雨季最短、高溫最多紀錄
的一個夏天。

3 今日<ruby>今日<rt>きょう</rt></ruby>の結婚式<ruby>結婚式<rt>けっこんしき</rt></ruby>はごちそうずくめだった。

今天參加的結婚典禮，桌上
全都是佳餚。

4 今回<ruby>今回<rt>こんかい</rt></ruby>の人事<ruby>人事<rt>じんじ</rt></ruby>は異例<ruby>異例<rt>いれい</rt></ruby>ずくめだった。

這次的人事安排完全是特例。

5 おしゃれしたつもりだったのに、黒<ruby>黒<rt>くろ</rt></ruby>ずくめ
　でお葬式<ruby>葬式<rt>そうしき</rt></ruby>みたいと言<ruby>言<rt>い</rt></ruby>われた。

自以為打扮得很漂亮，卻因
為穿得一身黑，被人説像去
參加葬禮。

040

● ずじまいで、ずじまいだ、ずじまいの

（結果）沒…（的）、沒能…（的）、沒…成（的）

➡ {動詞否定形（去ない）}＋ずじまいで、ずじまいだ、ずじまいの＋{名詞}

【結果】表示某一意圖，由於某些因素，沒能做成，而時間就這樣過去了。常含有相當惋惜、失望、後悔的語氣。多跟「結局、とうとう」一起使用。使用「ずじまいの」時，後面要接名詞。請注意前接サ行變格動詞時，要用「せずじまい」。

1 いなくなったペットを懸命に探したが、結
局、その行方は分からずじまいだった。

　雖然拚命尋找失蹤的寵物，最後仍然不知牠的去向。

➡ **例句**

2 結局、彼女の話は聞けずじまいだった。

到最後，還是沒能聽完她的說法。

3 せっかくの連休だったのに、どこにも出か
けずじまいで家にいました。

難得的連續休假，我卻哪裡也沒去，一直待在家裡。

4 いただき物の立派な食器が使わずじまいに
なっている。

收到的高級餐具到現在都還沒拿出來用。

5 うちには出さずじまいの年賀状がけっこう
ある。

我家收著不少沒有寄出去的賀年卡。

041

● ずにはおかない、ないではおかない

1. 不能不…；2. 必須…、一定要…、勢必…

➡️ {動詞否定形（去ない）}＋ずにはおかない、ないではおかない

❶【感情】前接心理、感情等動詞，表示由於外部的強力，使得某種行為，沒辦法靠自己的意志控制，自然而然地就發生了，所以前面常接使役形的表現，如例(1)、(2)。請注意前接サ行變格動詞時，要用「せずにはおかない」。

❷【強制】當前面接的是表示動作的動詞時，則有主動、積極的「不做到某事絕不罷休、後項必定成立」語感，語含個人的決心、意志，如例(3)～(5)。

1 首相の度重なる失言は、国民を落胆させずにはおかないだろう。

首相一次又一次的失言，教民眾怎會不失望呢？

➡️ **例句**

2 この小説は、読む人を泣かせずにはおかない。　｜　讀這部小説的人沒有一個不哭的。

3 週末のデート、どうだった？白状させないではおかないよ。　｜　上週末的約會如何？我可不許你不從實招來喔！

4 制裁措置を発動しないではおかない。　｜　必須採取制裁措施。

5 遺族は真相を追求しないではおかないだろう。　｜　遺族應該無法不追求真相吧。

042

Track N1
1-42

● **すら、ですら**

就連…都、甚至連…都

➡️ {名詞（＋助詞）；動詞て形}＋すら、ですら

【強調】舉出一個極端的例子，表示連他（它）都這樣了，別的就更不用提了。有導致消極結果的傾向。和「さえ」用法相同。用「すら～ない」（連…都不…）是舉出一個極端的例子，來強調「不能…」的意思。

N1 日語文法・句型詳解

1 まだ高校生だが、彼の投球はプロの選手ですらなかなか打てない。

雖然還只是高中生，但是他投出的球連職業選手都很難打中。

➡ 例句

2 80になる祖母ですら、携帯電話を持っている。

就連高齡八十的祖母也有手機。

3 温厚な彼ですら怒りをあらわにした。

連敦厚的他，都露出憤怒的神情來了。

4 そこは、虫1匹、草1本すら見られないほど厳しい環境だ。

那地方是連一隻蟲、一根草都看不到的嚴苛環境。

5 発言するチャンスすら得られなかった。

連讓我發言的機會也沒有。

043

Track N1
1-43

● そばから

才剛…就…、隨…隨…

➡ {動詞辭書形；動詞た形；動詞ている}＋そばから

【時間的前後】表示前項剛做完，其結果或效果馬上被後項抹殺或抵銷。常用在反覆進行相同動作的場合。大多用在不喜歡的事情。前項多為「動詞ている」的接續形式。

1 新しい単語を覚えるそばから、忘れていってしまう。

新單字才剛背好就忘了。

➡ 例句

2 注意するそばから、同じ失敗を繰り返す。

才剛提醒就又犯下相同的錯誤。

3 並べたそばから売れていく絶品のスイーツ
なのです。

這是最頂級的甜點，剛陳列出來就立刻銷售一空。

4 片付けるそばから、子どもが散らかす。

我才剛收拾好，小孩子就又弄得亂七八糟。

5 ドーナツを揚げているそばから、子どもがつまみ食いする。

我才炸好甜甜圈，孩子就偷吃。

Track N1
1-44

● ただ〜のみ

只有…才…、只…、唯…

➡ ただ＋ {名詞 (である)；形容詞辭書形；形容動詞詞幹である；動詞辭書形} ＋のみ

【限定】表示限定除此之外，沒有其他。「ただ」跟後面的「のみ」相呼應，有加強語氣的作用。「のみ」是嚴格地限定範圍、程度，是規定性的、具體的。「のみ」是書面用語，意思跟「だけ」相同。

1 ただ母となった女性のみがお産の苦しみを知っている。

只有身為母親的女性才知道生產的辛苦。

➡ 例句

2 彼にあるのは、ただ金銭欲のみだ。

他有的只是對金錢的欲望。

3 ただ苦しいのみの恋なんて、もうしたくない。

那種只有苦澀的愛情，我再也不要了。

4 部下はただ上司の命令に従うのみだ。

部下只能遵從上司的命令。

5 失敗したことは忘れて、ただ次の仕事に専念するのみだ。

忘掉過去的失敗，只專心於接下來的工作。

日語文法・句型詳解

● ただ〜のみならず

不僅…而且、不只是…也

➡ ただ＋{名詞（である）；形容詞辭書形；形容動詞詞幹である；動詞辭書形}＋のみならず

【非限定】表示不僅只前項這樣，後接的涉及範圍還要更大、還要更廣，後常和「も」相呼應，比「のみならず」語氣更強。是書面用語。

1 彼はただアイディアがあるのみならず、実行
力も備えている。

他不僅能想點子，也具有實行能力。

➡ 例句

2 ただ子どもの安全のみならず、大人の安全も考慮に入れた。	不只是孩子們的安全而已，也將大人們的安全考量進去了。
3 寺田寅彦は、ただ科学者であるのみならず、文筆家でもある。	寺田寅彦不但是個科學家，也是一位作家。
4 この犯行の手口は、ただ大胆であるのみならず、実に巧妙である。	這起犯罪的手法不僅大膽，甚至可以說相當高明。
5 彼女はただ気立てがいいのみならず、社交的で話しやすい。	她不僅脾氣好，也善於社交，跟任何人都可以聊得來。

● たところが

…可是…、結果…

➡ {動詞た形}＋たところが

❶【期待－逆接】表示逆接，後項往往是出乎意料的客觀事實。因為是用來敘述已發生的事實，所以後面要接動詞た形的表現，「然而卻…」的意思。如例(1)～(4)。

❷〔順接〕表示順接。如例(5)。

1 ソファーを購入<ruby>購入<rt>こうにゅう</rt></ruby>したところが、ソファーベッドが送<ruby>送<rt>おく</rt></ruby>られてきました。

買了沙發，廠商卻送成了沙發床。

➡ 例句

2 沖縄<ruby>沖縄<rt>おきなわ</rt></ruby>に遊<ruby>遊<rt>あそ</rt></ruby>びに行<ruby>行<rt>い</rt></ruby>ったところが、台風<ruby>台風<rt>たいふう</rt></ruby>で全然観光<ruby>全然観光<rt>ぜんぜんかんこう</rt></ruby>できなかった。	雖然去了沖繩旅行，卻遇上颱風，完全沒辦法觀光遊覽。
3 医者<ruby>医者<rt>いしゃ</rt></ruby>に診<ruby>診<rt>み</rt></ruby>てもらいに行<ruby>行<rt>い</rt></ruby>ったところが、休<ruby>休<rt>やす</rt></ruby>みだった。	本來打算去看病，結果診所休息。
4 家<ruby>家<rt>いえ</rt></ruby>に電話<ruby>電話<rt>でんわ</rt></ruby>をかけたところが、誰<ruby>誰<rt>だれ</rt></ruby>も出<ruby>出<rt>で</rt></ruby>ませんでした。	我打了通電話到家裡，卻都沒有人接。
5 薬<ruby>薬<rt>くすり</rt></ruby>を飲<ruby>飲<rt>の</rt></ruby>んだところ（が）、だんだん楽<ruby>楽<rt>らく</rt></ruby>になった。	吃過藥之後，人漸漸舒服多了。

047

Track N1
1-47

● たところで～ない

即使…也不…、雖然…但不、儘管…也不…

➡ {動詞た形}＋たところで～ない

【期待】接在動詞た形之後，表示即使前項成立，後項的結果也是與預期相反，無益的、沒有作用的，或只能達到程度較低的結果，所以句尾也常跟「無駄、無理」等否定意味的詞相呼應。句首也常與「どんなに、何回、いくら、たとえ」相呼應表示強調。後項多為說話人主觀的判斷。

N1 日語文法・句型詳解

1 応募したところで、採用されるとは限らない。

即使去應徵了，也不保證一定會被錄用。

➡ 例句

2 どんなに悔やんだところで、もう取り返しがつかない。

就算再怎麼懊悔，事情也沒辦法挽回了。

3 何回言ったところで、どうしようもないよ。

任憑說了多少次，也是沒用的啦！

4 あの人をどんなに思ったところで、この気持ちは届かない。

就算我再怎麼喜歡他，也沒有辦法讓他了解這份心意。

5 今から勉強したところで、受かるはずもない。

就算從現在開始用功讀書，也不可能考得上。

048

Track N1
1-48

● だに

1. 一…就…、只要…就…、光…就…；2. 連…也（不）…

➡ {名詞；動詞辭書形}＋だに

❶【強調程度】前接「考える、想像する、思う、聞く、思い出す」等心態動詞時，則表示光只是做一下前面的心理活動，就會出現後面的狀態了，如例(1)～(3)。有時表示消極的感情，這時後面多為「ない」或「怖い、つらい」等表示消極的感情詞。

❷【強調極限】前接名詞時，舉一個極端的例子，表示「就連…也（不）…」的意思，如例(4)、(5)。

1 あの日のことは、思い出すだに笑みがこぼれる。

那天發生的事，一想起來就噗嗤發笑。

➡ 例句

2 まさか N1 がこんなに難^{むずか}しいとは、予想^{よそう}だにしなかった。	連想都沒有想過，日檢 N1 級居然這麼難。
3 地震^{じしん}のことなど考^{かんが}えるだに恐^{おそ}ろしい。	只要一想像發生地震的慘狀就令人不寒而慄。
4 私^{わたし}が大声^{おおごえ}で叫^{さけ}んでも、彼^{かれ}は一^{いち}べつだにしなかった。	即便我大聲叫喚，他卻連看也不看一眼。
5 忠烈祠^{ちゅうれつし}の衛兵^{えいへい}は、1時間^{じかん}微動^{びどう}だにせず立^たち続^{つづ}ける。	忠烈祠的衛兵一動也不動地整整站了一個小時。

049

Track N1
1-49

● だの～だの

又是…又是…、一下…一下…、…啦…啦

➡ {[名詞・形容動詞詞幹] (だった)；[形容詞・動詞] 普通形} ＋だの～ {[名詞・形容動詞詞幹] (だった)；[形容詞・動詞] 普通形} ＋だの

【列舉】列舉用法，在眾多事物中選出幾個具有代表性的。多半帶有負面的語氣，常用在抱怨事物。是口語用法。

1 毎年年末^{まいとしねんまつ}は、大掃除^{おおそうじ}だのお歳暮選^{せいぼえら}びだので忙^{いそが}しい。

每年年尾又是大掃除又是挑選年終禮品，十分忙碌。

➡ 例句

2 住宅^{じゅうたく}ローンだの子^こどもの学費^{がくひ}だので、いくら働^{はたら}いてもお金^{かね}がたまらない。	又是房貸又是小孩的學費，不管再怎麼工作就是存不了錢。
3 うちの子^こは、あれが好^すきだのこれが嫌^{きら}いだのと、偏食^{へんしょく}で困^{こま}る。	我家的小孩偏食，吃東西挑三揀四的，不知道該怎麼辦才好。

4 私の母はいつも、もっと勉強しろだの家の手
伝いをしろだのと、うるさくてたまらない。

我媽媽老是要我用功唸書啦
幫忙做家事啦，真是囉嗦得
不得了。

5 お姉ちゃんは、スターになるだの起業する
だのと、夢みたいなことばかり言っている。

姐姐一下子想當明星、一下
子想要創業，老是痴人說夢。

● **たらきりがない、ときりがない、ばきりがない、てもきりがない**
沒完沒了

➡ {動詞た形}＋たらきりがない；{動詞て形}＋てもきりがない；{動詞辭
書形}＋ときりがない；{動詞假定形}＋ばきりがない

【無限度】前接動詞，表示是如果做前項的動作，會永無止盡，沒有結束的
時候。

1 家事は、いくらやってもきりがない。
家事怎麼做也做不完。

➡ 例句

2 もっといいのが欲しいけど、上を見たらきり
がないから、これぐらいで我慢しておこう。

雖然想要更好的，但目光放
高的話只會沒完沒了，所以
還是先這樣忍耐一下吧！

3 うちのお母さんは、怒り出すときりがない。

我家的媽媽一旦生起氣來就
沒完沒了。

4 細かいことを気にするときりがないから、
あまりこだわらないことにしよう。

在意小事只會沒完沒了，所
以還是不要太拘泥吧！

5 欲を言えばきりがないが、せめてもう少し
料理がうまければ、家内は言うことなしな
んだが。

要求太多的話根本就說不完，
但至少希望內人煮的菜能再
好吃一點，這樣一來她就無
可挑剔了。

● たりとも～ない

那怕…也不（可）…、就是…也不（可）…

➡ {名詞}＋たりとも、たりとも～ない；{數量詞}＋たりとも～ない

❶【強調輕重】前接「一＋助數詞」的形式，表示最低數量的數量詞，強調最低數量也不能允許，或不允許有絲毫的例外，如例(1)～(4)，是一種強調性的全盤否定的說法，所以後面多接否定的表現。書面用語。也用在演講、會議等場合。

❷〖何人たりとも〗「何人たりとも」為慣用表現，表示「不管是誰都…」，如例(5)。

1 一秒たりとも手を抜くな。

連一秒鐘都不准鬆懈！

➡ 例句

2 国民の血税は、1円たりとも無駄にはできない。

國民的血汗稅金，就算是一塊錢也不可以浪費。

3 ご恩は1日たりとも忘れたことはありません。

您的大恩大德我連一天也不曾忘記。

4 契約内容は、一歩たりとも譲るわけにはいかない。

合約的內容連一步都不能退讓。

5 何人たりとも立ち入るべからず。

無論任何人都不得擅入。

052

● たる（もの）

作為…的…

➡ {名詞}＋たる（者）

【評價的觀點】表示斷定或肯定的判斷。前接高評價的事物、高地位的人、國家或社會組織，表示照社會上的常識、認知來看，應該會有合乎這種身分的影響或做法，所以後常和表示義務的「～べきだ、～なければならない」等相呼應。「たる」給人有莊嚴、慎重、誇張的印象。書面用語。

日語文法・句型詳解

1 彼_{かれ}はリーダーたる者_{もの}に求められる素質_{そしつ}を備_{そな}え
ている。

他擁有身為領導者應當具備的特質。

➡ 例句

2 男_{おとこ}たる者_{もの}、こんなところで引_ひき下_さがれるか。 | 身為男子漢，面臨這種時刻
怎麼可以退縮不前呢？

3 企業経営者_{きぎょうけいえいしゃ}たる者_{もの}には的確_{てきかく}な判断力_{はんだんりょく}が求_{もと}められる。 | 作為一個企業的經營人，需
要有正確的判斷力。

4 元首_{げんしゅ}たる者_{もの}は、国民_{こくみん}の幸福_{こうふく}を第一_{だいいち}に考_{かんが}える
べきだ。 | 身為元首，應該將國民的幸
福視為最優先的考量。

5 プロ意識_{いしき}の高_{たか}さこそ、プロのプロたるゆえ
んだ。 | 具有高度的專業意識，正是專
家之所以是專家的原因所在。

053

Track N1
1-53

つ〜つ

（表動作交替進行）一邊…一邊…、時而…時而…

➡ {動詞ます形}＋つ＋{動詞ます形}＋つ

❶【反覆】表示同一主體，在進行前項動作時，交替進行後項動作。用同
一動詞的主動態跟被動態，如「抜く、抜かれる」這種重複的形式，
表示兩方相互之間的動作，如例(1)、(2)。

❷〖接兩對立動詞〗可以用「浮く（漂浮）、沈む（下沈）」兩個意思
對立的動詞，表示兩種動作的交替進行，如例(3)〜(5)。書面用語。多
作為慣用句來使用。

1 二人_{ふたり}の成績_{せいせき}は、抜_ぬきつ抜_ぬかれつだ。

兩人的成績根本不分上下。

⇒ 例句

2 この映画は、ヒーローと悪役の追いつ追われ
つのアクションシーンが見どころだ。

這部電影最精采的部分是主角
和壞人相互追逐的動作鏡頭。

3 川に落としたハンカチは、浮きつ沈みつ流
れて行ってしまった。

掉到了河裡的手帕，載浮載
沉地隨著流水漂走了。

4 地図を片手に道を行きつ戻りつしていると、
「どちらをお探しですか。」と声をかけられた。

一手拿著地圖，在路上來來回
回走的時候，忽然有人問了一
聲「您在找什麼地方呢？」

5 雲間に月が見えつ隠れつしている。

月亮在雲隙間忽隱又現。

054

● であれ、であろうと

即使是…也…、無論…都…

⇒ {名詞} ＋であれ、であろうと

【無關】表示不管前項是什麼情況，後項的事態都還是一樣。後項多為說
話人主觀的判斷或推測的內容。前面有時接「たとえ」。

1 たとえアナウンサーであれ、舌が回らない
こともある。

即使是新聞播報員，講話也會有打結的時候。

⇒ 例句

2 たとえ貧乏であれ、何か生きがいがあれば
幸せだ。

即使貧窮，只要有生活目標
也是很幸福的。

3 たとえどんな理由であれ、暴力は絶対に許
せません。

無論基於什麼理由，絕對不
容許以暴力相向。

4 相手が誰であろうと、必ず勝ってみせる。

不管對方是什麼人，我都一
定會獲勝給大家看。

5 いかに<ruby>幼<rt>おさな</rt></ruby>い<ruby>子供<rt>こども</rt></ruby>であろうと、そのくらいのことは<ruby>分<rt>わ</rt></ruby>かるはずだ。

不管多小的孩子，這點事應該懂才對。

055

● であれ～であれ

即使是…也…、無論…都、也…也…

➡ {名詞}＋であれ＋{名詞}＋であれ

【列舉】表示不管哪一種人事物，後項都可以成立。先舉出幾個例子，再指出這些全部都適用之意。

1 <ruby>雨<rt>あめ</rt></ruby>であれ、<ruby>晴<rt>は</rt></ruby>れであれ、イベントは<ruby>予定通<rt>よていどお</rt></ruby>り<ruby>開催<rt>かいさい</rt></ruby>される。

無論是下雨或晴天，活動仍然照預定舉行。

➡ 例句

2 <ruby>子<rt>こ</rt></ruby>どもであれ、<ruby>大人<rt>おとな</rt></ruby>であれ、<ruby>間違<rt>まちが</rt></ruby>いなく<ruby>楽<rt>たの</rt></ruby>しめる。

無論是小孩還是大人，都一定可以樂在其中。

3 <ruby>男<rt>おとこ</rt></ruby>であれ、<ruby>女<rt>おんな</rt></ruby>であれ、<ruby>人<rt>ひと</rt></ruby>として<ruby>大切<rt>たいせつ</rt></ruby>なことは<ruby>同<rt>おな</rt></ruby>じだ。

男人也好，女人也好，人生中重要的事都是相同的。

4 <ruby>肉<rt>にく</rt></ruby>であれ、<ruby>魚<rt>さかな</rt></ruby>であれ、<ruby>動物性<rt>どうぶつせい</rt></ruby>のものは<ruby>食<rt>た</rt></ruby>べません。

肉也好，魚也好，所有葷食都不吃。

5 <ruby>反対<rt>はんたい</rt></ruby>であれ、<ruby>賛成<rt>さんせい</rt></ruby>であれ、<ruby>意思表示<rt>いしひょうじ</rt></ruby>することが<ruby>大切<rt>たいせつ</rt></ruby>だ。

無論是反對還是贊成，表示意見是很重要的。

056

● てからというもの（は）

自從…以後一直、自從…以來

➡️ {動詞て形} ＋からというもの（は）

【前後關係】 表示以前項行為或事件為契機，從此以後有了很大的變化。用法、意義跟「～てから」大致相同。書面用語。

1 オーストラリアに赴任してからというもの、家族とゆっくり過ごす時間がない。

自從到澳洲赴任以後，就沒有時間好好跟家人相處了。

➡️ **例句**

2 結婚してからというもの、ずっと家計を家内にまかせている。	自從結婚以後，就一直把家計交給內人持掌。
3 肝臓を悪くしてからというものは、お酒は控えている。	自從肝功能惡化以後，他就盡量少喝酒了。
4 腐敗が明るみに出てからというもの、支持率が低下している。	自從腐敗遭到了揭發，支持率就持續低迷。
5 核実験を行ってからというもの、国際社会の反発が高まっている。	自從進行核爆測試以後，國際社會的反對聲浪益發高漲。

057

 Track N1 1-57

● **てしかるべきだ**

應當…、理應…

➡️ {[形容詞・動詞] て形} ＋しかるべきだ；{形容動詞詞幹} ＋でしかるべきだ

【建議】 表示那樣做是恰當的、應當的。也就是用適當的方法來解決事情。

1 所得が低い人には、税金の負担を軽くするなどの措置がとられてしかるべきだ。

應該實施減輕所得較低者之税負的措施。

➡ 例句

2 この程度の品質なら、もっと安くてしかるべきだ。

如果是這種程度的品質,應該要更便宜才對。

3 この判決は納得できない。処罰はもっと重くてしかるべきだ。

我無法接受這項判決!刑責應該要更重才對。

4 結婚するしないは本人の自由で(あって)しかるべきだ。

結不結婚應該是個人的自由。

5 学生は勉強してしかるべきだ。

學生就該用功讀書。

058

● てすむ、ないですむ、ずにすむ

1. …就行了、…就可以解決;2. 不…也行、用不著…

➡ **❶【不必要】**{動詞否定形}＋ないで済む;{動詞否定形(去ない)}＋ずに済む。表示不這樣做,也可以解決問題,或避免了原本預測會發生的不好的事情。如例(1)、(2)。

❷【了結】{名詞で;形容詞て形;動詞て形}＋て済む。表示以某種方式,某種程度就可以,不需要很麻煩,就可以解決問題了。如例(3)～(5)。

1 友達が、余っていたコンサートの券を1枚くれた。それで、私は券を買わずにすんだ。

朋友給了我一張多出來的演唱會入場券,我才得以不用買入場券。

➡ 例句

2 図書館が家の近くにあるので、本を買わないで済みます。

由於圖書館距離家裡很近,根本不必買書。

3 会社には寮があるので、家賃は安くて済みます。

公司有提供宿舍,所以房租不用花太多錢。

4 これは笑って済む問題ではない。

這件事可不是一笑置之就算了。

5 謝って済むなら警察も裁判所もいらない。

如果道歉就能解決事情，那就不需要警察跟法院了。

059

Track N1
1-59

● でなくてなんだろう

難道不是…嗎、不是…又是什麼呢

➜ {名詞}＋でなくてなんだろう

【強調主張】用一個抽象名詞，帶著感情色彩述説「這個就可以叫做…」的表達方式。這個句型是用反問「這不是…是什麼」的方式，來強調出「這正是所謂的…」的語感。常見於小説、隨筆之類的文章中。含有説話人主觀的感受。

1 賞味期限を書き換えるなんて、悪徳商法でなくてなんだろう。

居然更改食用期限，如果這不叫造假，什麼叫做造假呢？

➜ 例句

2 二人は出会った瞬間、恋に落ちた。これが運命でなくてなんだろう。

兩人在相遇的剎那就墜入愛河了。如果這不是命中注定，又該説是什麼呢？

3 これが恩人に対する裏切りでなくてなんだろう。

假如這不叫背叛恩人，那又叫做什麼呢？

4 酔っぱらって会見に臨むなんて、失態でなくてなんだろう。

居然帶著一身醉意出席記者會，如果這不叫失態，什麼叫失態呢？

5 これが幸せでなくてなんだろう。

這難道不就是所謂的幸福嗎？

N
1

153

060

Track N1
1-60

● **てはかなわない、てはたまらない**

…得受不了、…得要命、…得吃不消

➡ {形容詞て形；動詞て形} ＋はかなわない、はたまらない

【強調心情】表示負擔過重，無法應付。如果按照這樣的狀況下去不堪忍耐、不能忍受。是一種動作主體主觀上無法忍受的表現方法。用「かなわない」有讓人很苦惱的意思。常跟「こう、こんなに」一起使用。口語用「ちゃかなわない、ちゃたまらない」。

1 面白いと言われたからといって、同じ冗談を
何度も聞かされちゃかなわない。

雖説他説的笑話很有趣，可是重複聽了好幾次實在讓人受不了。

➡ **例句**

2 いくら不景気とはいえ、給料がこう少なくてはかなわない。	雖説不景氣，薪水這麼少實在受不了。
3 毎日毎日、こう暑くちゃかなわないなあ。	要是天天都這麼熱，那怎麼受得了啊？
4 今日は合コンなんだから、残業させられてはたまらない。	今天可是聯誼日，要是被迫加班，那還得了啊！
5 卸値をこれ以上下げられてはかなわない。	要是批發價格再往下掉的話，那可受不了了。

061

Track N1
1-61

● **てはばからない**

不怕…、毫無顧忌…

➡ {動詞て形}＋はばからない

【強調心情】 前常接跟説話相關的動詞，如「言う、断言する、公言する」的て形。表示毫無顧忌地進行前項的意思。

1 その新人候補は、今回の選挙に必ず当選してみせると断言してはばからない。

那位新的候選人毫無畏懼地信誓旦旦必將在此場選舉中勝選。

➡ 例句

2 彼は外務大臣なのに、英語ができないと公言してはばからない。

他身為一個外交部長，卻毫不諱言對外宣稱自己不會講英語。

3 彼は自分が正しいと主張してはばからない。

他毫無所懼地堅持自己是正確的。

4 彼らは、他人の基本的人権を侵害してはばからない、反社会的集団だ。

他們可是不惜踐踏別人的基本人權的反社會集團吶！

5 人様に迷惑をかけてはばからない。

毫無忌憚地叨擾他人。

062

Track N1
1-62

● **てまえ**

1. 由於…所以…；2. …前、…前方

➡ {名詞の；動詞普通形}＋手前

❶ **【原因】** 強調理由、原因，用來解釋自己的難處、不情願。有「因為要顧自己的面子或立場必須這樣做」的意思，如例(1)～(3)。後面通常會接表示義務、被迫的表現，例如：「なければならない」、「しないわけにはいかない」、「ざるを得ない」、「しかない」。

❷ **【場所】** 表示場所，不同於表示前面之意的「まえ」，此指與自身距離較近的地方，如例(4)、(5)。

日語文法・句型詳解

1 せっかく作ってくれたんだ。あんまりおいし
くないけれど、彼女の手前、全部食べなくちゃ。

這是她特地下廚為我烹煮的。雖然不怎麼好吃，但
由於她是我的女朋友，我得全部吃光光。

➡ **例句**

2 部下達の手前、なんとかミスを取り繕わなければいけない。	因為他們是我的下屬，所以一定要想辦法亡羊補牢。
3 こちらからお願いした手前、打ち合わせが朝の7時でも文句は言えない。	既然是自己拜託了對方的，就算洽談到早上七點也沒辦法抱怨。
4 子供たちの手前、タバコはやめることにした。	在孩子們的面前不抽菸了。
5 日本では、箸を右ではなく手前に置きます。	在日本，筷子是橫擺在自己的正前方，而不是右邊。

063

Track N1 1-63

● **てもさしつかえない、でもさしつかえない**

…也無妨、即使…也沒關係、…也可以

➡ {形容詞て形；動詞て形}＋も差し支えない；{名詞；形容動詞詞幹}＋でも差し支えない

【允許】為讓步表現。表示前項也是可行的。

1 字は、丁寧に書けば多少下手でも差し支えないですよ。

字只要細心地寫，就算是寫不怎麼好也沒關係喔！

➡ 例句

2 そのレストランは、ネクタイなしでも差<small>さ</small>し支<small>つか</small>えありません。	這家餐廳即使不繫領帶進場也無妨。
3 出発<small>しゅっぱつ</small>は朝<small>あさ</small>少<small>すこ</small>し早<small>はや</small>くても差<small>さ</small>し支<small>つか</small>えないですよ。	即使早上早點出發也無妨喔！
4 すみません。今<small>いま</small>、少<small>すこ</small>しお時間<small>じかん</small>いただいても差<small>さ</small>し支<small>つか</small>えないでしょうか。	不好意思，現在方便耽誤您一點時間嗎？
5 このくらいのアクセサリーなら、会社<small>かいしゃ</small>につけていっても差<small>さ</small>し支<small>つか</small>えないでしょう。	如果是這種款式的飾品，戴去公司上班也沒關係吧。

064

● てやまない

…不已、一直…

➡ {動詞て形}＋やまない

❶【強調感情】接在感情動詞後面，表示發自內心的感情，且那種感情一直持續著，如例(1)～(4)。這個句型由古漢語「…不已」的訓讀發展而來。常見於小說或文章當中，會話中較少用。

❷〔現象或事態持續〕表示現象或事態的持續，如例(5)。

1 彼<small>かれ</small>の態度<small>たいど</small>に、怒<small>いか</small>りを覚<small>おぼ</small>えてやまない。

對他的態度感到很火大。

➡ 例句

2 彼女<small>かのじょ</small>の話<small>はなし</small>を聞<small>き</small>いて、涙<small>なみだ</small>がこぼれてやまない。	聽了她的話之後，眼淚就流個不停。
3 努力<small>どりょく</small>すれば報<small>むく</small>われると信<small>しん</small>じてやまない。	對於努力就有回報的這份信念深信不疑。

4 さっきの電話<small>でんわ</small>から、いやな予感<small>よかん</small>がしてやまない。

接到剛才的電話以後，就一直有不好的預感。

5 自由<small>じゆう</small>と平和<small>へいわ</small>を求<small>もと</small>めてやまないのは、どの民族<small>みんぞく</small>でも同<small>おな</small>じだろう。

任何一個民族，應該同樣都是不停追求自由與和平的吧。

Track N1
1-65

● と～（と）があいまって、が（は）～とあいまって

…加上…、與…相結合、與…相融合

➡ {名詞}＋と＋{名詞}＋（と）が相まって

【附加】表示某一事物，再加上前項這一特別的事物，產生了更加有力的效果之意。書面用語，也用「～が／は～と相まって」的形式。此句型後項通常是好的結果。

1 喜<small>よろこ</small>びと驚<small>おどろ</small>きが相<small>あい</small>まって、言葉<small>ことば</small>が出<small>で</small>てこなかった。

驚喜交加，讓我說不出話來。

➡ 例句

2 父<small>ちち</small>は才能<small>さいのう</small>と努力<small>どりょく</small>があいまって成功<small>せいこう</small>した。

父親在才華和努力的相輔相成之下，獲得了成功。

3 モネの絵<small>え</small>は、色彩<small>しきさい</small>と造型<small>ぞうけい</small>とが相<small>あい</small>まって、独特<small>どくとく</small>の美<small>び</small>を生<small>う</small>み出<small>だ</small>している。

莫內的畫作，色彩與構圖兼優，醞釀出獨特的美感。

4 日本<small>にほん</small>の風土<small>ふうど</small>が日本人<small>にほんじん</small>の美意識<small>びいしき</small>と相<small>あい</small>まって、俳句<small>はいく</small>という文学<small>ぶんがく</small>を生<small>う</small>み出<small>だ</small>した。

在日本的風土與日本人的美學意識兩相結合之下，孕育出所謂的俳句文學。

5 彼女<small>かのじょ</small>の美貌<small>びぼう</small>は、優雅<small>ゆうが</small>な立<small>た</small>ち居振<small>いふ</small>る舞<small>ま</small>いと相<small>あい</small>まって、私<small>わたし</small>の目<small>め</small>を引<small>ひ</small>き付<small>つ</small>けた。

她妍麗的姿容加上優雅的舉手投足，深深吸引了我的目光。

● とあって

由於…（的關係）、因為…（的關係）

➡ {名詞；[名詞・形容詞・形容動詞・動詞] 普通形；形容動詞詞幹}＋とあって

【原因】表示理由、原因。由於前項特殊的原因，當然就會出現後項特殊的情況，或應該採取的行動。後項是說話人敘述自己對某種特殊情況的觀察。書面用語，常用在報紙、新聞報導中。

1 年頃とあって、最近娘はお洒落に気を使っている。
因為正值妙齡，女兒最近很注重打扮。

➡ 例句

2 桜が満開の時期とあって、街道は花見客でいっぱいだ。

由於正值櫻花盛開的時節，路上擠滿了賞花的民眾。

3 特売でこんなに安いとあっては、デパートが混まないはずはありません。

特賣的價格那麼優惠，百貨公司怎麼可能不擠得人山人海呢？

4 息子は電車が大好きとあって、地理には詳しい。

兒子因為非常喜歡電車，因此對地理很熟悉。

5 サミットが開催されるとあって、空港の警備が強化されています。

由於高峰會即將舉行，機場也提高了安全戒備。

● とあれば

如果…那就…、假如…那就…

➡ {名詞；[名詞・形容詞・形容動詞・動詞] 普通形；形容動詞詞幹}＋とあれば

【條件】是假定條件的說法。表示如果是為了前項所提的事物，是可以接受的，並將取後項的行動。前面常跟表示目的的「ため」一起使用，表示為了假設情形的前項，會採取後項。後句不能出現表示請求或勸誘的句子。

N1 日語文法・句型詳解

1 デザートを食べるためとあれば、食事を我慢しても構わない。

假如是為了吃甜點，不吃正餐我也能忍。

➡ 例句

2 彼女の危機とあれば、たとえ火の中水の中、恐れたりするものか。

若是她遇到危機，哪怕是水深火熱，我也無所畏懼。

3 安くておいしいとあれば、店がはやるのも当然だ。

只要便宜又美味，門庭若市也是理所當然的。

4 もし必要とあれば、弁護士の紹介も可能です。

如果有必要的話，也可以幫你介紹律師。

5 彼女のご両親にあいさつに行くとあれば、緊張するのもやむを得ない。

既然要去向她的父母請安問候，也不由得感到心情緊張。

068

Track N1 1-68

● といい〜といい

不論…還是、…也好…也好

➡ {名詞}＋といい＋{名詞}＋といい

【列舉】表示列舉。為了做為例子而舉出兩項，後項是對此做出的評價。含有不只是所舉的這兩個例子，還有其他也如此之意。用在批評和評價的場合，帶有吃驚、灰心、欽佩等語氣。與全體為焦點的「といわず〜といわず」（不論是…還是）相比，「といい〜といい」的焦點聚集在所舉的兩個事物上。

1 娘といい、息子といい、全然家事を手伝わない。

女兒跟兒子，都不幫忙做家事。

➡ 例句

2 ここは、気候といい、食べ物といい、住み やすいところだ。

這裡不管氣候也好、飲食也好，都是適宜居住的好地方。

3 品質といい、お値段といい、お買い得ですよ。

不論品質也好、價格也好，保證買到賺到喔！

4 お父さんといい、お母さんといい、ちっとも私の気持ちを分かってくれない。

爸爸也好、媽媽也好，根本完全不懂我的心情。

5 ドラマといい、ニュースといい、テレビは少しも面白くない。

不論是連續劇，還是新聞，電視節目一點都不覺得有趣。

069

Track N1
1-69

● というか～というか

該説是…還是…

➡ {名詞；形容詞辭書形；形容動詞詞幹}＋というか＋{名詞；形容詞辭書形；形容動詞詞幹}＋というか

【列舉】用在敘述人事物時，説話者想到什麼就説什麼，並非用一個詞彙去形容或表達，而是列舉一些印象、感想、判斷。更隨便一點的説法是「～っていうか～っていうか」。

1 そんな危ないところに行くなんて、勇敢というか無謀というか、とにかくやめなさい。

去那麼危險的地方，真不知道該説勇敢還是莽撞，總之你還是別去了。

➡ 例句

2 霧というか小雨というか、そんな天気だ。

不知道該説是霧氣還是小雨的那種天氣。

日語文法・句型詳解

3 将来の夢はノーベル賞を取ることだなんて、夢というか野望というか、よくもまあ大言壮語を。

將來的夢想是拿下諾貝爾獎，這是夢想還是奢望呢？真好意思說這種大話。

4 きれいな月だなあ。白いというか青いというか、さえ渡っているよ。

真是美麗的月色啊！不知是白是藍，散發出冷澈的光芒呢！

5 彼は、正直というかばかというか、嘘のつけない性格だ。

不知道該說他的個性是正直還是愚蠢，反正他從來不說謊。

070

● というところだ、といったところだ

1. 頂多…；2. 可說…差不多、可說就是…

➜ {名詞；動詞辭書形；引用句子或詞句} ＋というところだ、といったところだ

❶【範圍】接在數量不多或程度較輕的詞後面，表示頂多也只有文中所提的數目而已，最多也不超過文中所提的數目，如例(1)、(2)。

❷〖大致〗說明在某階段的大致情況或程度，如例(3)、(4)。

❸〖口語－ってとこだ〗「～ってとこだ」為口語用法，如例(5)。是自己對狀況的判斷跟評價。

1 お酒を飲むのは週に2、3回というところです。

喝酒頂多是一個星期兩三次而已吧。

➜ 例句

2 ボーナスね。せいぜい1か月分出るか出ないかってとこだろ。

你問獎金喔…頂多給一個月或是不到一個月薪水的程度吧。

3 私と彼は友達以上恋人未満というところだろう。

我想我跟他的關係可說是比朋友親，但還稱不上是情侶吧！

4 中国語の勉強は、今週やっと初級の本が終わるというところだ。

學中文到這星期，終於到上完初級課本的進度了。

5 「どう、このごろ調子？」「まあまあってとこだね。」

「怎樣，最近還好吧？」「算是普普通通啦。」

071

● **といえども**

即使…也…、雖說…可是…

➡ {名詞；[名詞・形容詞・形容動詞・動詞] 普通形；形容動詞詞幹} ＋といえども

【讓步】表示逆接轉折。先承認前項是事實，再敘述後項事態。也就是一般對於前項這人事物的評價應該是這樣，但後項其實並不然的意思。前面常和「たとえ、いくら、いかに」等相呼應。有時候後項與前項內容相反。一般用在正式的場合。另外，也含有「～ても、例外なく全て～」的強烈語感。

1 同い年といえども、彼女はとても落ちついている。

雖說年紀一樣，她卻非常成熟冷靜。

➡ **例句**

2 とっさの思いつきといえども、これはなかなかいけるかもしれない。	雖說是靈機一動，或許挺有可能行得通。
3 いくら乳がんは進行が遅いといえども、放っておいていいわけがない。	雖說乳癌的病情惡化很慢，但也不能置之不理。
4 君がいくら有能だといえども、一人では何もできないよ。	就算你再有能力，單憑一個人什麼都辦不到啦。
5 計画に同意するといえども、懸念していることがないわけではありません。	儘管已經同意進行計畫，但並非可以高枕無憂。

072

● といった

…等的…、…這樣的…

➡ {名詞}＋といった＋{名詞}

【列舉】 表示列舉。一般舉出兩項以上相似的事物，表示所列舉的這些不是全部，還有其他。前接列舉的兩個以上的例子，後接總括前面的名詞。

1 私はすし、カツどんといった和食が好きだ。
　我很喜歡吃壽司與豬排飯這類的日式食物。

➡ **例句**

2 娘はピンクや水色といった淡い色が好きみたいです。

> 女兒好像喜歡粉紅或淺藍這類淺色。

3 春に咲く桜、梅、桃といった花は、皆バラ科でよく似ている。

> 在春天綻放的櫻花、梅花、桃花這些花卉都屬於薔薇科，花形十分相似。

4 神社は、京都、奈良といった古都にだけあるのではない。

> 神社並不是只在京都、奈良這些古都才有。

5 カエルやウサギといった動物の小物を集めています。

> 我正在收集青蛙和兔子相關的小東西。

● といったらない、といったら

1. …極了、…到不行；2. 一旦…就…

➡ ❶ **【強調心情】** {名詞；形容詞辭書形；形容動詞詞幹} ＋（とい）ったらない。「といったらない」是先提出一個討論的對象，強調某事物的程度是極端到無法形容的，後接對此產生的感嘆、吃驚、失望等感情表現，正負評價都可使用，如例(1)～(3)。

❷【意志】{名詞；形容詞辭書形；形容動詞詞幹｝＋（とい）ったら。表示無論誰説什麼，都絕對要進行後項的動作。前後常用意思相同或完全一樣的詞，表示意志堅定，是一種強調的説法，正負評價都可使用，如例(4)、(5)。

1 立て続けに質問して、彼はせっかちといったらない。

接二連三地提出問題，他這人真是急躁。

➡ 例句

2 彼女は僕の女神だ。あの優雅さ、気高さといったらない。	她是我的女神！她的優雅，她的高貴，無人能比！
3 これでやったつもりだとは、あきれるったらない。	他覺得這樣就完成了，簡直令人難以置信。
4 やるといったら絶対にやる。死んでもやる。	一旦決定了要做就絕對要做到底，即使必須拚死一搏也在所不辭。
5 諦めないといったら、何が何でも諦めません。	一旦決定不半途而廢，就無論如何也決不放棄。

N 1

074

Track N1
1-74

● といったらありはしない

…之極、極其…、沒有比…更…的了

➡ {名詞；形容詞辭書形；形容動詞詞幹｝＋（とい）ったらありはしない

【強調心情】強調某事物的程度是極端的，極端到無法形容、無法描寫。跟「といったらない」相比，「～といったらない」、「～ったらない」能用於正面或負面的評價，但「～といったらありはしない」、「～ったらありはしない」、「～といったらありゃしない」、「～ったらありゃしない」只能用於負面評價。

1 人に責任を押しつけるなんて、腹立たしいと
いったらありはしない。

硬是把責任推到別人身上，真是令人憤怒至極。

➡ 例句

2 残り2分で逆転負けした悔しさといったら
ありゃしなかった。

剩下兩分鐘的時候居然被逆轉勝了，要說有多懊悔就有多懊悔。

3 倒れても倒れてもあきらめず、彼はしぶと
いといったらありはしない。

無論跌倒了多少次依舊堅強地不放棄，他的堅韌精神令人感佩。

4 彼の口の聞き方ときたら、生意気ったらあ
りはしない。

他說話的口氣，真是傲慢之極。

5 今日は入試なのに電車が遅れて遅刻しそう
だ。あせるったらありゃしない。

今天有入學考試，電車卻遲來，害我差點遲到，真是急死人了。

075

Track N1
1-75

● といって～ない、といった～ない

沒有特別的…、沒有值得一提的…

➡ {これ；疑問詞}＋といって～ない、といった＋{名詞}～ない

【強調輕重】前接「これ、なに、どこ」等詞，後接否定，表示沒有特別值得一提的東西之意。為了表示強調，後面常和助詞「は」、「も」相呼應；使用「といった」時，後面要接名詞。

1 私には特にこれといった趣味はありません。

我沒有任何嗜好。

➡ 例句

2 特にこれといって好きなお酒もありません。

也沒有什麼特別喜好的酒類。

3 今の生活にこれといって不満はない。

對於目前的生活並沒有什麼特別的不滿。

4 今日はこれといってやることがない。

今天沒有特別要做的事。

5 なぜといった理由もないんだけど、この家が気に入りました。

雖然沒有什麼特別理由，我就是喜歡這棟房子。

076

Track N1
1-76

● といわず～といわず

無論是…還是…、…也好…也好…

➡ {名詞}＋といわず＋{名詞}＋といわず

【列舉】表示所舉的兩個相關或相對的事例都不例外。也就是「といわず」前所舉的兩個事例，都不例外會是後項的情況，強調不僅是例舉的事例，而是「全部都…」的概念。

1 昼といわず、夜といわず、借金を取り立てる電話が相次いでかかってくる。

討債電話不分白天或是夜晚連番打來。

➡ 例句

2 ここは、海と言わず山と言わず、美しいところだ。

這裡的海也好、山也好，全都景色優美。

3 緑茶といわず、紅茶といわず、お茶なら何でも好きです。

不論是綠茶或者是紅茶，只要是茶飲，我通通喜歡。

4 目といわず、鼻といわず、パパにそっくりね。

不管是眼睛也好、鼻子也好，全都和爸爸長得一模一樣呢！

N
1

167

5 顔と言わずスタイルと言わず、容姿に自信 | 不管是長相還是身材，總之
がない。 | 對自己的外表沒有自信。

077

● といわんばかりに、とばかりに

1. 幾乎要説…；2. 簡直就像…、顯出…的神色、似乎…般地

➡ {名詞；簡體句}＋と言わんばかりに、とばかり (に)

❶【樣態】表示看那樣子簡直像是的意思，心中憋著一個念頭或一句話，
幾乎要説出來，後項多為態勢強烈或動作猛烈的句子，常用來描述別
人，如例(1)～(3)。

❷【樣態】雖然沒有説出來，但是從表情、動作上已經表現出來了，含有
幾乎要説出前項的樣子，來做後項的行為，如例(4)、(5)。

1 相手がひるんだのを見て、ここぞとばかりに
反撃を始めた。

看見對手一畏縮，便抓準時機展開反擊。

➡ 例句

2 聡は、「歯医者など絶対行くものか」とばか | 小聡牢牢抱著柱子放聲大哭，
り、柱にしがみついて泣いた。 | 直嚷著「我死也不去看牙醫！」

3 歌手が登場すると、待ってましたとばかり | 歌手一出場，全場立刻爆出
に盛大な拍手がわき起こった。 | 了如雷的掌聲。

4 それじゃあまるで全部おれのせいと言わん | 照你的意思，不就簡直在説
ばかりじゃないか。 | 這一切都怪我不好嗎？

5 容疑者は、被害者は自分だと言わんばかり | 嫌犯拚命辯解，簡直把自己
に言い訳を並べ立てた。 | 講成是被害人了。

● ときたら

説到…來、提起…來

➡ {名詞}＋ときたら

【話題】表示提起話題，説話人帶著譴責和不滿的情緒，對話題中的人或事進行批評，後也常接「あきれてしまう、嫌になる」等詞。批評對象一般是説話人身邊，關係較密切的人物或事。用於口語。有時也用在自嘲的時候。

1 部長ときたら朝から晩までタバコを吸っている。

説到我們部長，一天到晚都在抽煙。

➡ 例句

2 このポンコツときたら、また修理に出さなくちゃ。	説到這部爛車真是氣死人了，又得送去修理了。
3 親父ときたら、週末は必ずパチンコに行く。	要説我那個老爸，一到週末就會去打小鋼珠。
4 この携帯電話ときたら、充電してもすぐ電池がなくなる。	説起這支手機，就算充電後也一下子就沒電了。
5 あの連中ときたら、いつも騒いでばかりいる。	説起那群傢伙呀，總是吵鬧不休。

079

● ところ（を）

1.雖説是…這種情況，卻還做了…；2.正…之時、…之時、…之中

➡ ❶【讓步】{名詞の；形容詞辭書形；動詞ます形＋中の}＋ところ（を）。表示雖然在前項的情況下，卻還是做了後項。這是日本人站在對方立場，表達給對方添麻煩的辦法，為寒暄時的慣用表現，多用在開場白，後項多為感謝、請求、道歉等內容，如例(1)～(4)。

N1 日語文法・句型詳解

❷【時點】{動詞普通形} ＋ところを。表示進行前項時，卻意外發生後項，影響前項狀況的進展，後面常接表示視覺、停止、救助等動詞，如例(5)。

1 お忙しいところをわざわざお越し下さり、ありがとうございます。

感謝您百忙之中大駕光臨。

➡ 例句

2 お食事中のところをすみません。実は、困ったことになりまして。

用餐時打擾了。是這樣的，發生了一件棘手的事。

3 お見苦しいところをお見せしたことをお詫びします。

讓您看到這麼不體面的畫面，給您至上萬分的歉意。

4 すぐにご連絡すべきところを、大変失礼いたしました。

原本應當立刻聯絡才對，真是十二萬分抱歉。

5 テレビゲームしているところを、親父に見つかってしまった。

我正在玩電視遊樂器時，竟然被老爸發現了。

Track N1
2-02

● としたところで、としたって

1. 即使…是事實，也…；2. 就算…也…

➡ ❶【假定條件】{[名詞・形容詞・形容動詞・動詞]普通形} ＋としたころで、としたって。為假定的逆接表現。表示即使假定事態為前項，但結果為後項，後面通常會接否定表現，如例(1)～(3)。

❷【判斷的立場】{名詞} ＋としたところで、としたって、にしたところで、にしたって。從前項的立場、想法及情況來看後項也會成立，如例(4)、(5)。

1 外国人の友達を見つけようとしたところで、
こんな田舎に住んでるんだから知り合う機会
なんてなかなかないよ。

即使想認識外國人當朋友，但住在這種鄉下地方也
沒什麼認識的機會呀！

➡ 例句

2 いくら頭がいいとしたって、外国語はすぐには身に付かないものです。	即使頭腦再怎麼好，外語也不是三兩天就能學會的。
3 私が貧乏だとしたって、人に見下される筋合いはない。	即使我很窮，也不該被別人看輕。
4 あれでアマチュアなのか。プロとしたって通用するんじゃないかな。	那樣的程度還算是業餘的嗎？我看就算說是職業選手也不為過吧？
5 警察にしたって、もうこれ以上捜査のしようがないだろう。	就算是警察，也沒有辦法再繼續搜查下去了吧。

081

Track N1
2-03

● とは

1. 連…也、沒想到…、…這…、竟然會…；4. 所謂…、是…

➡ {名詞；[形容詞・形容動詞・動詞] 普通形；引用句子}＋とは

❶【預料外】由格助詞「と」＋係助詞「は」組成，表示對看到或聽到的事實（意料之外的），感到吃驚或感慨的心情。前項是已知的事實，後項是表示吃驚的句子，如例(1)。

❷〖省略後半〗有時會省略後半段，單純表現出吃驚的語氣，如例(2)。

❸〖口語－なんて〗口語用「なんて」的形式，如例(3)。

❹【話題】前接名詞，也表示定義，前項是主題，後項對這主題的特徵等進行定義，是「所謂…」的意思，如例(4)。

❺〖口語－って〗口語用「って」的形式，如例(5)。

日語文法・句型詳解

1 不景気がこんなに長く続くとは、専門家も予想していなかった。

景氣會持續低迷這麼久，連專家也料想不到。

➡ 例句

2 こともあろうに、入試の日に電車が事故で止まるとは。

誰會想到，偏偏就在入學大考的那一天電車發生事故而停駛了。

3 まさか、あんな真面目な人が殺人犯なんて。

真沒想到，那麼認真的老實人居然是個殺人凶手！

4 幸せとは、今目の前にあるものに感謝できることかな。

我想，所謂的幸福，就是能由衷感激眼前的事物吧！

5 ねえ、「クラウド」って何？ネットの用語みたいだけど。

我問你，什麼叫「雲端」啊？聽説那是一種網路術語哦？

082

Track N1
2-04

● とはいえ

雖然…但是…

➡ {名詞（だ）；形容動詞詞幹（だ）；[形容詞・動詞]普通形}＋とはいえ

【讓步】表示逆接轉折。前後句是針對同一主詞所做的敘述，表示先肯定那事雖然是那樣，但是實際上卻是後項的結論。也就是後項的説明，是對前項既定事實的否定或是矛盾。後項一般為説話人的意見、判斷的內容。書面用語。

1 暦の上では春とはいえ、まだまだ寒い日が続く。

雖然已過立春，但是寒冷的天氣依舊。

⇒ 例句

2 マイホームとはいえ、20年のローンがある。

雖説是自己的房子，但還有二十年的貸款要付。

3 難しいとはいえ、「無理」だとは思わない。

雖然説困難，但我想也不是説不可能。

4 いくら雨が好きだとはいえ、毎日降り続けると気分が沈みます。

就算再怎麼喜歡雨，每天下個不停，心情還是會沮喪。

5 離婚するとはいえ、もう二度と会わないということではありません。

雖説要離婚，但並不是從此絕不相見那麼惡劣的狀況。

083

Track N1
2-05

● とみえて、とみえる

看來…、似乎…

⇒ {名詞 (だ)；形容動詞詞幹 (だ)；[形容詞・動詞] 普通形} ＋とみえて、とみえる

【推測】前項為後項的根據、原因、理由，表示説話者從現況、外觀、事實來自行推測或做出判斷。

1 黄さんは、もう立ち直ったようだ。次のボーイフレンドを見つけたとみえる。

黃小姐似乎已經振作起來了。看來她已經找到新男友了。

⇒ 例句

2 黄さんは勝ち気な女性とみえて、ふられてから合コンに積極的だ。

黃小姐看來是位好強的女性，被甩了之後對於聯誼的態度很積極。

3 黄さんがしょぼんとしている。ふられて悲しいとみえる。

黃小姐看起來垂頭喪氣的，看來是被甩了所以很難過。

N1 日語文法・句型詳解

4 黄さんの様子からして、彼に夢中だとみえる。

5 黄さんは、泣いたとみえて目が赤い。

從黃小姐的樣子看來，像是對他十分迷戀。

黃小姐眼睛通紅，看起來像哭過了。

084
Track N1 2-06

● **ともあろうものが**

身為…卻…、堂堂…竟然…、名為…還…

➡ {名詞}＋ともあろう者が

❶【評價的觀點】表示具有聲望、職責、能力的人或機構，其所作所為，就常識而言是與身份不符的。「～ともあろう者が」後項常接「とは／なんて、～」，帶有驚訝、憤怒、不信及批評的語氣，但因為只用「～ともあろう者が」便可傳達說話人的心情，因此也可能省略後項驚訝等的語氣表現。前接表示社會地位、身份、職責、團體等名詞，後接表示人、團體等名詞，如「者、人、機関」，如例(1)～(3)。

❷〔ともあろうNが〕若前項並非人物時，「者」可用其它名詞代替，如例(4)。

❸〔ともあろうもの＋に〕「ともあろう者」後面常接「が」，但也可接其他助詞，如例(5)。

1 日本のトップともあろう者が、どうしたらいいのか分からないとは、情けないものだ。

連日本的領導人竟然都會茫然不知所措，實在太窩囊了。

➡ 例句

2 医者ともあろう者が万引きをするとは、お金がないわけでもあるまいし。

貴為醫師的人卻幹了順手牽羊的行徑，又不是缺錢花用啊。

3 市議会議員ともあろう者が賭博で逮捕されるとは、投票してくれた人に対する裏切りだ。

身為市議員卻因賭博而遭到逮捕，這等於背叛了投票給他的選民。

4 トヨサンともあろう会社が、倒産するとは
　驚いた。

規模龐大如豐產公司居然倒
閉了，實在令人震驚。

5 あんな暴言を吐くなんて、首相ともあろう
　者にあるまじきことだ。

貴為首相竟然口出惡言，以
其身分地位實在不恰當。

085

Track N1
2-07

● ともなく、ともなしに

1. 雖然不清楚是…，但…；2. 無意地、下意識的、不知…、無意中…

➡ ❶【無目的行為】{疑問詞（＋助詞）}＋ともなく、ともなしに。前接
　　疑問詞時，則表示意圖不明確的意思，如例(1)～(3)。

　❷【様態】{動詞辭書形}＋ともなく、ともなしに。表示並不是有心想
　　做，但還是進行後項動作。也就是無意識地做出某種動作或行為，含
　　有動作、狀態不明確的意思，如例(4)、(5)。

1 一人で食事をするときも、誰にともなく「いただ
　きます」と言う。

　就連一個人吃飯的時候，也會自言自語地說「我開動了」。

➡ 例句

2 蝶が1匹、どこからともなく飛んできて、
　どこへともなく飛び去った。

一隻蝴蝶，不從從何處飛來，
又不知飛往何處了。

3 二人は、いつからともなしに、互いをライ
　バル視するようになった。

他們兩人不知道從什麼時候
開始，互相把對方當成競爭
對手了。

4 昼食に入った店で、隣の二人の話を聞くと
　もなく聞いていたら、妻の友人だった。

在去吃午餐的那家店裡，不
經意地聽著鄰桌兩人的交談，
這才發現原來是太太的朋友。

5 彼女は、さっきから見るともなしに雑誌を
　ぱらぱらめくっている。

她從剛才就漫不經心地，啪
啦啪啦地翻著雜誌。

086

● と(も)なると、と(も)なれば

要是…那就…、如果…那就…、一旦處於…就…

➡️ {名詞；動詞普通形} ＋と(も)なると、と(も)なれば

【評價的觀點】前接時間、職業、年齡、作用、事情等名詞或動詞，表示如果發展到某程度，用常理來推斷，就會理所當然導向某種結論。後項多是與前項狀況變化相應的內容。

1 プロともなると、作品の格が違う。

　要是變成專家，作品的水準就會不一樣。

➡️ 例句

2 12時ともなると、さすがに眠たい。	到了十二點，果然就會想睡覺。
3 首相ともなれば、いかなる発言にも十分注意が必要だ。	如果當了首相，對於一切的發言就要十分謹慎。
4 家を買うとなると、しっかり計画を立てる必要がある。	如果要買房子，就必須做詳盡的規劃。
5 彼女の両親に初めて会うとなれば、服装やら何やら気を使う。	既然是第一次和她父母見面，從服裝到其他細節都得用心。

087

● ないではすまない、ずにはすまない、なしではすまない

不能不…、非…不可

➡️ ❶**【強制】**{動詞否定形} ＋ないでは済まない；{動詞否定形（去ない）} ＋ずには済まない（前接サ行變格動詞時，用「せずには済まない」）。表示前項動詞否定的事態、說辭，考慮到當時的情況、社會的規則等，是不被原諒的、無法解決問題的或是難以接受的，如例(1)、(2)。

❷【強制】{名詞}＋なしでは済まない；{名詞；形容動詞詞幹；[形容詞・動詞]普通形}＋では済まない。表示前項事態、説辭，是不被原諒的或無法解決問題的，指對方的發言結論是説話人沒辦法接納的，前接引用句時，引用括號（「」）可有可無，如例(3)、(4)。

❸〘ではすまされない〙和可能助動詞否定形連用時，有強化責備語氣的意味，如例(5)。

1 時間がないので、徹夜しないでは済まない。
由於時間不夠了，不熬夜不行了。

➡ 例句

2 何としても相手を説得せずには済まない。

無論如何都非得説服對方不可。

3 ここまでこじれると、裁判なしでは済まないかもしれない。

雙方已經僵持到這種地步，或許只能靠打官司才能解決了。

4 「できない」では済まない。

光是嚷著「我不會做」也無濟於事。

5 今さら知らなかったでは済まされない。

事到如今佯稱不知情也太説不過去了吧！

088

● ないともかぎらない

也並非不…、不是不…、也許會…

➡ {名詞で；[形容詞・動詞]否定形}＋ないとも限らない

【部分否定】表示某事並非百分之百確實會那樣。一般用在説話人擔心好像會發生什麼事，心裡覺得還是採取某些因應的對策比較好。看「ないとも限らない」知道「とも限らない」前面多為否定的表達方式。但也有例外，前面接肯定的表現如：「金持ちが幸せだとも限らない」（有錢人不一定很幸福）。

日語文法・句型詳解

1 火災にならないとも限らないから、注意してください。

我並不能保證不會造成火災，請您們要多加小心。

⇒ 例句

2 好意でしたことが、相手にとって迷惑でないとも限らない。

基於善意所做的事，也有可能反而造成對方的困擾。

3 案外面白くないとも限らないから、一度行ってみよう。

説不定會蠻有趣的，還是去看看吧。

4 親父のことだから、直前に気を変えないとも限らない。

畢竟老爸總是三心兩意的，難講到了前一刻或許仍會改變心意。

5 鍵をポストの中に置いておいたりしたら、泥棒が入らないとも限らない。

如果把鑰匙擱在信箱裡，説不定小偷會進來的。

089

Track N1 2-11

● ないまでも

沒有…至少也…、就是…也該…、即使不…也…

⇒ {名詞で（は）；[形容詞・形容動詞・動詞] 否定形}＋ないまでも

【程度】前接程度比較高的，後接程度比較低的事物。表示雖然不至於到前項的地步，但至少有後項的水準的意思。後項多為表示義務、命令、意志、希望、評價等內容。後面為義務或命令時，帶有「せめて、少なくとも」等感情色彩。

1 毎日ではないまでも残業がある。

雖説不是每天，有時還是得加班。

➡ 例句

2 不合格でないまでも、まだまだ努力が足りません。 | 雖然不到不及格的程度，但是還遠遠不夠努力。

3 おいしくないまでも、食べられないことはない。 | 雖然不太好吃，還不致於令人食不下嚥。

4 小野さんのことは、嫌いではないまでも特別好きではない。 | 對於小野先生，既不討厭但也沒有特別喜歡。

5 プロ並みとは言えないまでも、なかなかの腕前だ。 | 雖説還不到專業的水準，已經算是技藝高超了。

090

Track N1
2-12

● ないものでもない、なくもない

也並非不…、不是不…、也許會…

➡ {動詞否定形}＋ないものでもない

【部分否定】表示依後續周圍的情勢發展，有可能會變成那樣、可以那樣做的意思。用較委婉的口氣敘述不明確的可能性。是一種用雙重否定，來表示消極肯定的表現方法。多用在表示個人的判斷、推測、好惡等。語氣較為生硬。

1 この量なら1週間で終わらせられないものでもない。

以這份量來看，一個禮拜也許能做完。

➡ 例句

2 彼の言い分も分からないものでもない。 | 他所説的話也不是不能理解。

3 この程度の問題なら、我々で解決できないものでもない。 | 假如是這種程度的問題，並不是我們所解決不了的。

4 お酒は飲まなくもありませんが、月にせいぜい２、３回です。

> 也不是完全不喝酒，但頂多每個月喝兩三次吧。

5 これぐらいの痛みなら、耐えられないものでもない。

> 如果是這種程度的疼痛，倒不是忍受不了的。

091

● ながら、ながらに、ながらの

1. 保持…的狀態；3. 雖然…但是…

➡ {名詞；動詞ます形}＋ながら、ながらに、ながらの＋{名詞}

❶【樣態】前面的詞語通常是慣用的固定表達方式。表示「保持…的狀態下」，表明原來的狀態沒有發生變化，繼續持續。用「ながらの」時後面要接名詞，如例(1)、(2)。

❷〔ながらにして〕「ながらに」也可使用「ながらにして」的形式，如例(3)、(4)。

❸【讓步】讓步逆接的表現。表示「實際情形跟自己所預想的不同」之心情，後項是「事實上是…」的事實敘述，如例(5)。

1 僕は生まれながらのばかなのかもしれません。

> 説不定我是個天生的傻瓜。

➡ 例句

2 ここでは、昔ながらの製法で、みそを作っている。

> 在這裡，我們是用傳統以來的製造方式來做味噌的。

3 彼には、生まれながらにしてスターの素質があった。

> 他擁有與生俱來的明星特質。

4 インターネットのおかげで、家にいながらにして買い物ができる。

> 多虧有網路，待在家裡也可以購物。

5 夫の浮気を知りながら、子供たちの前では円満な夫婦を演じている。

> 儘管知道丈夫有外遇，在孩子們面前仍然假扮成一對美滿的夫妻。

092

● なくして（は）～ない

如果沒有…就不…、沒有…就沒有…

➡ {名詞；動詞辭書形}＋（こと）なくして（は）～ない

【條件】表示假定的條件。表示如果沒有前項，後項的事情會很難實現或不會實現。「なくして」前接一個備受盼望的名詞，後項使用否定意義的句子（消極的結果）。書面用語，口語用「なかったら」。

1 過ちなくして、成長することはない。

　如果沒有失敗，就沒辦法成長。

➡ **例句**

2 双方の妥協なくして、合意に達することはできない。 ／ 雙方沒有妥協，就無法達成共識。

3 愛なくして人生に意味はない。 ／ 如果沒有愛，人生就毫無意義。

4 あなたなくしては、生きていけません。 ／ 失去了你，我也活不下去。

5 話し合うことなくして、分かりあえることはないでしょう。 ／ 雙方沒有經過深入詳談，就不可能彼此了解吧！

● なくはない、なくもない

也不是沒…、並非完全不…

➡ {名詞が；形容詞く形；形容動詞て形；動詞否定形；動詞被動形}＋なくはない、なくもない

【部分否定】利用雙重否定形式，表示消極的、部分的肯定。多用在陳述個人的判斷、好惡、推測。

N1 日語文法・句型詳解

1 お酒ですか。飲めなくはありません。

喝酒嗎？也不是不能喝啦。

➡ 例句

2 大学入試は自信がなくはないけど、やっぱり緊張します。

對於大學入學考試雖然也不是完全沒自信，但還是會緊張。

3 「今、ちょっとお時間よろしいですか。」「ああ、忙しくなくはないけど、何ですか。」

「現在方便打擾一下嗎？」「嗯，也不是不忙啦，怎麼了？」

4 インターネットはとても便利だが、使い方によっては危険でなくもない。

網路雖然很方便，但是依照使用方式的不同也不能說它不危險。

5 ときどき、結婚を後悔することがなくもない。

偶爾也不是沒有後悔過結婚。

094

Track N1
2-16

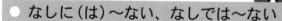

● なしに（は）〜ない、なしでは〜ない

1. 沒有…不、沒有…就不能…；2. 沒有…

➡ {名詞；動詞辭書形}＋（こと）なしに（は）〜ない；{名詞}＋なしでは〜ない

 ❶【否定】表示前項是不可或缺的，少了前項就不能進行後項的動作。或是表示不做前項動作就先做後項的動作是不行的。有時後面也可以不接「ない」，如例(1)〜(3)。

 ❷【非附帶】用「なしに」表示原本必須先做前項，再進行後項，但卻沒有做前項，就做了後項，也可以用「名詞＋もなしに」，「も」表示強調，如例(4)、(5)。

1 僕はお酒と音楽なしでは生きていけないんです。

我沒有酒和音樂就活不下去。

➡ 例句

2 この事業は彼の資金援助なしには成功しな
かっただろう。

這份事業當初要是沒有他的
資金援助應該不會成功。

3 目が悪くて、眼鏡なしでは本を読めないん
です。

視力不好,沒有眼鏡的話就
沒辦法看書。

4 朝から晩まで休みなしに働いて、ようやく
家の修理が終わった。

從早工作到晚沒有休息,終
於把房子修理完了。

5 歯が急に痛み出し、予約(も)なしに歯医
者に行った。

牙齒突然痛了起來,(也)沒
有預約就去看牙醫了。

095

 Track N1 2-17

● なみ

相當於…、和…同等程度

➡ {名詞}＋並み

【比較】表示該人事物的程度幾乎和前項一樣。像是「男並み」(和男人
一樣的)、「人並み」(一般)、「月並み」(每個月、平庸)等都是
常見的表現。有時也有「把和前項相同的事物排列出來」的意思,像是
「街並み」(街上房屋成排成列的樣子)、「軒並み」(家家戶戶)。

1 世間並みじゃいやだ。俺は成功者になりたい
んだ。

我不要平凡!我要當個成功人士。

➡ 例句

2 まだ5月なのに、今日は真夏並みの暑さだっ
た。

才五月而已,今天就熱得像
盛夏一樣。

3 男性並みに働きたいわけではなく、仕事が好
きなだけです。

我無意和男人一樣全心投入
事業,只是喜歡工作而已。

4 容姿は十人並みだけれど、気が利くし温厚
ないい人だよ。

容貌雖然普普通通，但是是個機伶又敦厚的好人喔！

5 谷根千は、都心にありながら、古い町並みが残っている。

谷根千（谷中、根津、千駄木）雖然位於都心，但依然保有古樸的小鎮樣貌。

096

● ならいざしらず、はいざしらず、だったらいざしらず

（關於）我不得而知…、姑且不論…、（關於）…還情有可原

➡ {名詞}＋ならいざ知らず、はいざ知らず、だったらいざ知らず；
{[名詞・形容詞・形容動詞・動詞] 普通形（の）}＋ならいざ知らず

【排除】表示不去談前項的可能性，而著重談後項中的實際問題。後項所提的情況要比前項嚴重或具特殊性。後項的句子多帶有驚訝或情況非常嚴重的內容。「昔はいざしらず」是「今非昔比」的意思。

1 昔はいざしらず、今は会社を十も持つ
大実業家だ。

不管他有什麼樣的過去，現在可是擁有十家公司的大企業家。

➡ **例句**

2 子どもならいざ知らず、大の大人までが夢中になるなんてね。

如果是小孩倒還另當別論，已經是大人了竟然還沉迷其中！

3 小学生ならいざ知らず、中学生にもなって、ぬいぐるみで遊んでいるんですか。

小學生的話就算了，已經是國中生了居然還在玩玩偶嗎？

4 付き合ってるならいざ知らず、ただの同僚に手作り弁当をもらっても困る。

若是正在交往也就算了，如果只是一般同事卻拿對方做便當送給我，未免有點困擾。

5 私の彼だって知らなかったのならいざ知らず、知っててちょっかい出してくるなんて、許せない。

假如不曉得他是我男友也就算了，要是明明知道卻故意來逗弄，那就不可原諒了！

097
Track N1
2-19

● ならでは（の）

1. 正因為…才有（的）、只有…才有（的）；2. 若不是…是不…（的）

➡ {名詞}＋ならでは（の）

❶【限定】表示對「ならでは（の）」前面的某人事物的讚嘆，含有如果不是前項，就沒有後項，正因為是這人事物才會這麼好。是一種高度評價的表現方式，所以在商店的廣告詞上，有時可以看到。置於句尾的「ならではだ」，表示肯定之意，如例(1)～(4)。

❷〖ならでは～ない〗「ならでは～ない」的形式，強調「如果不是…則是不可能的」的意思，如例(5)。

1 決勝戦ならではの盛り上がりを見せている。
比賽呈現出決賽才會有的激烈氣氛。

➡ 例句

2 田舎ならではの人情がある。

若不是在鄉間，不會有如此濃厚的人情味。

3 これは子どもならでは描けない味のある絵だ。

這是只有小孩子才畫得出如此具有童趣的圖畫呀！

4 お正月ならではの雰囲気が漂っている。

到處充滿一股過年特有的氣氛。

5 彼ならではできない表現に、みんな舌を巻いた。

他那極具獨特魅力的呈現方式，令眾人咋舌。

098

 Track N1 2-20

なり

剛…就立刻…、一…就馬上…

➡ {動詞辭書形}＋なり

【時間的前後】表示前項動作剛一完成，後項動作就緊接著發生。後項的動作一般是預料之外的、特殊的、突發性的。後項不能用命令、意志、推量、否定等動詞。也不用在描述自己的行為，並且前後句的動作主體必須相同。

1 ボールがゴールに入るなり、観客は一斉に立ち上がった。

球一進球門，觀眾就應聲一同站了起來。

➡ 例句

2 「あっ、誰かおぼれてる。」と言うなり、彼は川に飛び込んだ。	他剛大喊一聲：「啊！有人溺水了！」便立刻飛身跳進河裡。
3 道で急におなかが痛くなって、会社に着くなりトイレにかけ込んだ。	在路上肚子突然痛了起來，一到公司就衝去廁所了。
4 知らせを聞くなり、動揺して言葉を失った。	一得知消息，心裡就忐忑不安說不出半句話來。
5 息子は、コーヒーを一口飲むなり「にがいー」と顔をしかめた。	兒子才喝了一口咖啡，立刻皺起眉頭說「好苦喔…」。

099

 Track N1 2-21

なり～なり

或是…或是…、…也好…也好

➡ {名詞；動詞辭書形}＋なり＋{名詞；動詞辭書形}＋なり

【列舉】表示從列舉的同類或相反的事物中，選擇其中一個。暗示在列舉

之外，還可以其他更好的選擇。後項大多是表示命令、建議等句子。一般不用在過去的事物。由於語氣較為隨便，不用在對長輩跟上司。例句(4)中的「大なり小なり」（或大或小）不可以説成「小なり大なり」。

1 テレビを見るなり、お風呂に入るなり、好きにくつろいでください。

看電視也好、洗個澡也好，請自在地放鬆休息。

➡ 例句

2 うちの会社も、東京から千葉なり神奈川なりに移転しよう。	我們公司不如也從東京搬到千葉或神奈川吧？
3 落ち着いたら、電話なり手紙なりちょうだいね。	等安頓好以後，記得要撥通電話還是捎封信來喔。
4 誰にでも大なり小なり欠点があるものだ。	任誰都有或大或小的缺點。
5 不明な点は、自分で調べるなり、人に聞くなりすればよい。	不清楚的地方，只要自己去查或問別人就好。

100

Track N1
2-22

● なりに、なりの

那般…（的）、那樣…（的）、這套…（的）

➡ {名詞；形容動詞詞幹；[形容詞・動詞] 辭書形}＋なりに、なりの

❶【判斷的立場】表示根據話題中人切身的經驗、個人的能力所及的範圍，含有承認前面的人事物有欠缺或不足的地方，在這基礎上，依然盡可能發揮或努力地做後項與之相符的行為。多有正面的評價的意思。用「なりの名詞」時，後面的名詞，是指與前面相符的事物，如例(1)～(3)。

❷〖私なりに〗要用種謙遜、禮貌的態度敘述某事時，多用「私なりに」等，如例(4)、(5)。

1 あの子はあの子なりに一生懸命やっているんです。

那個孩子盡他所能地拚命努力。

➡ 例句

2 不器用なりに、頑張って作ってみたのですが、やっぱりだめでした。

儘管笨手笨腳，卻還是努力試著做了，結果還是不行。

3 あの食堂は安いけれど、安いなりの味だ。

那家餐館雖然便宜，倒也有符合其價位的滋味。

4 弊社なりに誠意を示しているつもりです。

我們認為敝社已示出誠意了。

5 私なりに最善を尽くします。

我會盡我所能去做。

101

● にあって（は／も）

在…之下、處於…情況下；即使身處…的情況下

➡ ｛名詞｝＋にあって（は／も）

❶ 【時點・場合－順接】「にあっては」前接場合、地點、立場、狀況或階段，表示因為處於前面這一特別的事態、狀況之中，所以有後面的事情，這時候是順接。如例(1)～(4)。

❷ 〖逆接〗使用「あっても」基本上表示雖然身處某一狀況之中，卻有後面的跟所預測不同的事情，這時候是逆接。接續關係比較隨意。屬於主觀的說法。說話者處在當下，描述感受的語氣強。書面用語。如例(5)。

1 この上ない緊張状態にあって、手足が小刻みに震えている。

在這前所未有的緊張感之下，手腳不停地顫抖。

➡ 例句

2 この非常時にあって、彼はなお非現実的な理想論を述べている。

都到了非常時期，他還在高談闊論那種不切實際的理想。

3 少子化社会にあって、男子校としての伝統にこだわってはいられず、女子も受け入れることにした。

面臨少子化的社會現狀，男校再也不能繼續堅持傳統，也接受女生入學了。

4 この不況下にあって、消費を拡大させること
は難しい。

在這不景氣的狀況下，要增長消費能力是件難事。

5 どんな逆境にあっても、決して屈しない。

無論面對怎樣的逆境，都絕不屈服。

● にいたって（は）、にいたっても

1.即使到了…程度；2.至於、談到；3.到…階段（才）

➔ {名詞；動詞辭書形}＋に至って（は）、に至っても

❶【話題】「に至っても」表示即使到了前項極端的階段的意思，屬於「即使…但也…」的逆接用法。後項常伴隨「なお、まだ、未だに」（尚、還、仍然）或表示狀態持續的「ている」等詞，如例(1)、(2)。

❷【話題】也表示從幾個消極、不好的事物中，舉出一個極端的事例來，如例(3)。

❸【結果】「に至って（は）」表示到達某極端狀態的時候，後面常接「初めて、やっと、ようやく」，如例(4)。

1 会議が深夜に至っても、結論は出なかった。

會議討論至深夜仍然沒能做出結論。

➔ 例句

2 現在に至っても、10年前の交通事故の後遺症に悩まされている。

即使到了現在，仍為十年前的交通意外傷害所留下的後遺症所苦。

3 兄も弟もやくざで、父親に至っては殺人の罪で牢屋に入っている。

哥哥和弟弟都是流氓，就連父親也因殺人罪而還被關在牢裡。

4 実際に組み立てる段階に至って、ようやく設計のミスに気がついた。

直到實際組合的階段，這才赫然發現了設計上的錯誤。

Track N1 2-25

● にいたる

1. 最後…、到達…、發展到…程度；2. 最後…

➡ **❶【結果】**{名詞；動詞辭書形}＋に至る。表示事物達到某程度、階段、狀態等。含有在經歷了各種事情之後，終於達到某狀態、階段的意思，常與「ようやく、とうとう、ついに」等詞相呼應，如例(1)～(4)。

❷【到達】{場所}＋に至る。表示到達之意，如例(5)。偏向於書面用語。翻譯較靈活。

1 何時間にも及ぶ議論を経て、双方は合意するに至った。

經過好幾個小時的討論，最後雙方有了共識。

➡ 例句

2 二人は話し合い、ついに離婚という結論に至った。

兩人談過以後，最後做出了離婚的結論。

3 彼が父親を殺害するに至ったのは、幼少期から虐待されていたからにほかならない。

他之所以到了殺害父親的地步，一切都要歸因於從幼年時期起持續遭受的虐待。

4 入院と退院を繰り返して、ようやく完治するに至った。

經過幾次的住院和出院，病情終於痊癒了。

5 森に降る雨は、地下水や河川水となり、やがて海に至る。

降落在森林的雨水，會成為地下水和河水，最後流進海洋。

Track N1 2-26

● にいたるまで

…至…、直到…

➡ {名詞}＋に至るまで

【極限】表示事物的範圍已經達到了極端程度。由於強調的是上限，所以接在表示極端之意的詞後面。前面常和「から」相呼應使用，表示從這裡到那裡，此範圍都是如此的意思。

1 祖父母から孫に至るまで、家族全員元気だ。

從祖父母到孫子，家人都很健康。

➡ 例句

2 ファッションから政治に至るまで、彼はどんな話題についても話せる。

從流行時尚到政治，他不管什麼話題都可以聊。

3 郵便料金は、東京から離島に至るまで均一だ。

郵資從東京到離島都是相同價錢。

4 会社の金が盗まれ、重役からバイトに至るまで、厳しく調べられた。

公司的錢被偷了，上至董事下至兼職人員，統統受到了仔細的盤查。

5 服から小物に至るまで、彼女はブランド品ばかり持っている。

從服飾至小飾品，她用的都是名牌。

105

Track N1
2-27

● にかぎったことではない

不僅僅…、不光是…、不只有…

➡ {名詞}＋に限ったことではない

【非限定】表示事物、問題、狀態並不是只有前項這樣。經常用於表示負面的情況。

1 不景気なのは何もうちの会社に限ったことではない。

經濟不景氣的並不是只有我們公司。

⇒ 例句

2 このようないじめは今回に限ったことではない。

像這種霸凌行為並不是只有這次而已。

3 我が家で赤飯を食べるのは、お祝いの日に限ったことではない。

在我們家，不只是在慶祝的日子才吃紅豆飯。

4 少子化は、日本に限ったことではない。

少子化並不是只發生在日本的現象。

5 急に残業させられるのは、今日に限ったことではない。

突然被要求加班並不是一天兩天的事了。

106

Track N1
2-28

● にかぎる

1. 就是要⋯、⋯是最好的；2. 最好⋯

⇒ {名詞（の）；形容詞辭書形（の）；形容動詞詞幹（なの）；動詞辭書形；動詞否定形}＋に限る

❶【最上級】除了用來表示説話者的個人意見、判斷，意思是「最⋯」，相當於「～が一番だ」，如例(1)～(3)。還可以用來表示限定，相當於「～だけだ」。

❷【勧告】同時也是給人忠告的句型，相當於「～たほうがいい」，如例(4)、(5)。

1 夏はやっぱり冷たいビールに限るね。

夏天就是要喝冰啤酒啊！

⇒ 例句

2 チーズケーキは、この店のに限る。

乳酪蛋糕還是這家店的最好吃！

3 ああ、いい香りだ。やっぱりたたみは、新しいのに限るな。

嗯，好香喔！榻榻米果然是新的好！

4 太りたくなければ、家にお菓子を置かない
に限る。

若不想發胖，最好是不要在
家裡放點心零食。

5 悪いと思ったら、素直に自分の非を認め、
さっさと謝るに限る。

如果覺得是自己的錯，那就
老實地承認自己的錯誤，快
點道歉。

● にかこつけて

以…為藉口、托故…

➡ {名詞}＋にかこつけて

【原因】前接表示原因的名詞，表示為了讓自己的行為正當化，用無關的
事做藉口。

1 父の病気にかこつけて、会への出席を断った。

以父親生病作為藉口拒絕出席會議了。

➡ 例句

2 大学進学にかこつけて、一人暮らしを始め
た。

以上大學作為藉口，開始了
一個人的生活。

3 息子の入学式にかこつけて、妻までスーツ
を新調したらしい。

以要出席兒子的入學典禮的藉
口，妻子好像趁機為自己添購
了一套新套裝。

4 忘年会の買い出しにかこつけて、自分用の
おつまみも買ってきました。

趁著去採買尾牙用的用品的
機會，連自己要吃的零食也
順道買了回來。

5 仕事の付き合いにかこつけて、毎晩のよう
に飲みに行く。

假借工作應酬的名義，幾乎
天天都流連酒鄉。

● にかたくない

不難…、很容易就能…

➡ {名詞;動詞辭書形}＋に難くない

【難易】表示從某一狀況來看，不難想像，誰都能明白的意思。前面多用「想像する、理解する」等理解、推測的詞，書面用語。

1 お産の苦しみは想像に難くない。
不難想像生產時的痛苦。

➡ 例句

2 双方の意見がぶつかったであろうことは、推測に難くない。

不難猜想雙方的意見應該是分歧的。

3 こうした問題の発生は、予想するに難くない。

不難預料會發生這樣的問題。

4 困難の連続だったことは、想像するに難くない。

不難想像當初困難重重。

5 娘を嫁にやる父親の気持ちは察するに難くない。

不難想像父親嫁女兒的心情。

● にして

1.在…（階段）時才…；2.是…而且也…；3.雖然…但是…；4.僅僅…

➡ {名詞}＋にして

❶【時點】前接時間、次數等，表示到了某階段才初次發生某事，也就是「直到…才…」之意，常用「名詞＋にしてようやく」、「名詞＋にして初めて」的形式，如例(1)、(2)。

❷【列舉】表示兼具兩種性質和屬性，可以用於並列，如例(3)。

❸【逆接】可以用於逆接，如例(4)。

❹【短時間】表示極短暫，或比預期還短的時間，表示「僅僅…」的意思。前常接「一瞬、一日」等。如例(5)。

1 結婚５年目にしてようやく子どもを授かった。

結婚五週年，終於有了小孩。

➡ 例句

2 60歳にして英語を学び始めた。 | 到了六十歲，才開始學英語。

3 彼は、高校教師にして大学院生でもある。 | 他既是高中老師，也是研究生。

4 国家元首にして、あのような言動がどうして許されようか。 | 堂堂一國的元首，那種言行舉止怎麼可以被原諒！

5 好きな人の酔っぱらった姿を見て、一瞬にして恋が冷めた。 | 看到心儀的人喝得爛醉的樣子，立刻對他沒了感覺。

● にそくして、にそくした

依…（的）、根據…（的）、依照…（的）、基於…（的）

➡ {名詞}＋に即して、に即した

❶【基準】「即す」是「完全符合，不脱離」之意，所以「に即して」表示「正如…，按照…」之意，如例(1)。

❷〔に即した（A）N〕常接「時代、実験、実態、事実、現実、自然、流れ」等名詞後面，表示按照前項，來進行後項，如例(2)～(5)。如果後面出現名詞，一般用「～に即した＋（形容詞・形容動詞）名詞」的形式。

1 実験結果に即して考える。

根據實驗結果來思考。

➡ 例句

2 時代に即した新たなシステム作りが求められている。

渴望能創造出符合時代需求的新制度。

3 彼の弁解は事実に即していない。

他的辯解與事實不符。

4 実態に即して戦略を練り直す必要がある。

有必要根據現狀來重新擬定戰略。

5 現状に即して、計画を立ててください。

請做出一個切合現狀的計畫。

111

Track N1
2-33

● にたえる、にたえない

1. 經得起…、可忍受…；2. 值得…；3. 不堪…、忍受不住…；4. 不勝…

➡ ❶【可能】{名詞；動詞辭書形}＋にたえる；{名詞}＋にたえられない。表示可以忍受心中的不快或壓迫感，不屈服忍耐下去的意思。否定的說法用不可能的「たえられない」，如例(1)、(2)。

❷【價值】{名詞；動詞辭書形}＋にたえる；{名詞}＋にたえない。表示值得這麼做，有這麼做的價值，如例(3)。這時候的否定說法要用「たえない」，不用「たえられない」。

❸【強制】{動詞辭書形}＋にたえない。表示情況嚴重得不忍看下去，聽不下去了。這時候是帶著一種不愉快的心情。前面只能接「読む、聞く、見る」等為數不多的幾個動詞，如例(4)。

❹【感情】{名詞}＋にたえない。前接「感慨、感激」等詞，表示強調前面情感的意思，一般用在客套話上，如例(5)。

1 社会に出たら様々な困難にたえる神経が必要です。

出了社會之後，就要有經得起遇到各種困難的心理準備。

例句

2 胸の痛みにたえられず、救急車を呼んだ。	胸口的疼痛難以忍受，叫了救護車。
3 この作品は大人の鑑賞にもたえるものです。	這作品值得成人閱讀。
4 この古い家は、つい最近まで、見るに耐えない荒れようだった。	這間老房子直到不久前還是一副慘不忍睹的破敗模樣。
5 展覧会を開催することができて、感慨にたえない。	能夠舉辦展覽會，真是不勝感慨。

112

Track N1 2-34

にたる、にたりない

1. 可以…、足以…、值得…；2. 不夠…；3. 不足以…、不值得…

➡ {名詞；動詞辭書形}＋に足る、に足りない

❶【價值】「～に足る」表示足夠，前接「信頼する、語る、尊敬する」等詞時，表示很有必要做前項的價值，那樣做很恰當，如例(1)～(3)。

❷【無價值】「～に足りない」含又不是什麼了不起的東西，沒有那麼做的價值的意思，如例(4)。

❸【不足】「～に足りない」也可表示「不夠…」之意，如例(5)。

1 あの人は信頼するに足る人間だ。
那個人值得你信任。

例句

2 私の人生は語るに足るほどのものではない。	我的一生沒有什麼好說的。
3 これだけでは、彼の無実を証明するに足る証拠にはならない。	只有這些證據，是無法證明他是被冤枉的。
4 斎藤なんか、恐れるに足りない。	區區一個齋藤根本不足為懼。

5 今の収入では、生活していくに足りない。 | 以現在的收入實在入不敷出。

113

● にとどまらず（～も）

不僅…還…、不限於…、不僅僅…

➡ {名詞（である）；動詞辭書形}＋にとどまらず（～も）

【非限定】表示不僅限於前面的範圍，更有後面廣大的範圍。前接一窄狹的範圍，後接一廣大的範圍。有時候「にとどまらず」前面會接格助詞「だけ、のみ」來表示強調，後面也常和「も、まで、さえ」等相呼應。

1 テレビの悪影響は、子どもたちのみにとどまらず大人にも及んでいる。

電視節目所造成的不良影響，不僅及於孩子們，甚至連大人亦難以倖免。

➡ **例句**

2 和田さんは、英語にとどまらず、中国語、ロシア語など 10 か国語以上を操れる。 | 和田先生不僅會英文，還會說中文、俄文等超過十國語言。

3 先月発売したゲームは、国内にとどまらず、海外でもバカ売れです。 | 上個月開始販售的遊戲軟體，不僅在國內大受歡迎，在海外也狂銷一空。

4 寺山修司は、短歌にとどまらず、小説、戯曲、映画など多方面に作品を遺した。 | 寺山修司不單在短歌，也在小說、戲曲、電影等許多領域留下了作品。

5 娘は、食物アレルギーにとどまらず、ダストアレルギーもあります。 | 我女兒不僅有食物過敏，對灰塵也會過敏。

Track N1
2-36

● には、におかれましては

在…來說

➡ {名詞}＋には、におかれましては

【話題】前接地位、身份比自己高的人，表示對該人的尊敬。語含最高的敬意。「～におかれましては」是更鄭重的表現方法。前常接「先生、皆様」等詞。

1 あじさいの花が美しい季節となりましたが、皆様方におかれましてはいかがお過ごしでしょうか。

時值繡球花開始展露嬌姿之季節，各位近來是否安好？

➡ 例句

2 寒さ厳しき折、吉川様にはくれぐれもご自愛ください。 | 天氣寒冷，務請吉川女士保重玉體。

3 先生にはお元気でお過ごしのこととお喜び申し上げます。 | 敬祝　老師日日開心。

4 貴社におかれましては、所要の対応を行うようお願い申し上げます。 | 敬祈貴公司能惠予善加處理本件。

5 役員の皆様におかれましては、ご多忙中のところご出席いただきありがとうございます。 | 承蒙各位長官在百忙中撥冗出席，甚感謝意。

115

Track N1
2-37

● に(は)あたらない

1.不需要…、不必…、用不著…；2.不相當於…

➡ ❶【程度】{動詞辭書形}＋に（は）当たらない。接動詞辭書形時，為沒必要做某事，或對對方過度反應，表示那樣的反應是不恰當的。用在説話人對於某事評價較低的時候，多接「賞賛する」（稱讚）、「感心する」（欽佩）、「驚く」（吃驚）、「非難する」（譴責）等詞之後，如例(1)～(3)。

❷【不相當】{名詞}＋に（は）当たらない。接名詞時，則表示「不相當於…」的意思，如例(4)、(5)。

1 この程度のできなら、称賛するに当たらない。

　　若是這種程度的成果，還不值得稱讚。

➡ 例句

2 あの状況ではやむを得ないだろう。責めるには当たらない。

在那種情況之下，也是迫不得已的吧。不應該責備他。

3 こんなくだらない問題は討論するに当たらない。

用不著討論這種毫無意義的問題。

4 漢字があるのを平仮名で書いたくらい、間違いには当たらないでしょう？

就算把有漢字的字詞寫成了平假名，也用不著當成是錯字吧？

5 新婚さんをちょっとからかっただけだ。セクハラには当たらない。

只不過是對新婚的人稍微開開玩笑而已，算不上是性騷擾。

116
Track N1
2-38

● にはおよばない

1. 不必…、用不著…、不值得…；2. 不及…

➡ {名詞；動詞辭書形}＋には及ばない

❶【不必要】表示沒有必要做某事，那樣做不恰當、不得要領，如例(1)、(2)，經常接表示心理活動或感情之類的動詞之後，如「驚く」（驚訝）、「責める」（責備）。

❷【不及】還有用不著做某動作，或是能力、地位不及水準的意思，如例(3)～(5)。常跟「からといって」（雖然…但…）一起使用。

1 息子の怪我については、今のところご心配には及びません。

　　我兒子的傷勢目前暫時穩定下來了，請大家不用擔心。

➡ 例句

2 彼は口だけだから、恐れるには及ばない。 | 他只會耍嘴皮子而已，沒什麼好怕的。

3 N1に合格したとは言っても、やはりまだネイティブには及ばない。 | 雖說已經通過日檢 N1 級測驗了，畢竟還是無法像本國人那樣道地。

4 いくら寒いといっても、北海道の寒さには及ばない。 | 不管天氣再怎麼冷，都不及北海道的凍寒。

5 機能的には、やはり最新のパソコンには及ばない。 | 就機能上而言，還是比不上最新型的電腦。

117

Track N1
2-39

● にひきかえ〜は

與…相反、和…比起來、相較起…、反而…

➡ {名詞 (な)；形容動詞詞幹な；[形容詞・動詞] 普通形} ＋ (の) にひきかえ

【對比】比較兩個相反或差異性很大的事物。含有說話人個人主觀的看法。書面用語。跟站在客觀的立場，冷靜地將前後兩個對比的事物進行比較「～に対して」比起來，「～にひきかえ」是站在主觀立場。

1 彼の動揺振りにひきかえ、彼女は冷静そのものだ。

和慌張的他比起來，她就相當冷靜。

➡ 例句

2 男子の草食化にひきかえ、女子は肉食化しているようだ。 | 相較於男性的草食化，女性似乎有愈來愈肉食化的趨勢。

3 金持ちには倹約家が多いのにひきかえ、貧乏人はお金があるとすぐ使ってしまう。 | 有錢人多半都很節儉，相較之下，窮人一拿到錢就馬上花光了。

4 兄が無口なのにひきかえ、弟はおしゃべりだ。

相較於哥哥的沈默寡言，弟弟可真多話呀！

5 姉はよく食べるのにひきかえ、妹は食が細い。

姐姐的食量很大，相反地，妹妹的食量卻很小。

● によらず

不論…、不分…、不按照…

➡ {名詞}＋によらず

【無關】表示該人事物和前項沒有關聯，不受前項限制。

1 彼女は見かけによらず、力持ちです。

她人不可貌相，力氣非常大。

➡ 例句

2 この病気は、年齢や性別によらず、誰にでも起こり得ます。

這種病不分年齡和性別，誰都有可能罹患。

3 これまでのしきたりによらず、新しいやり方を試してみましょう。

不要依照以往的慣例常規，讓我們採用新的做法吧！

4 武力によらず、話し合いで解決すべきだ。

不要動用武力，而應該透過會談來解決。

5 当店の商品は、機械によらず全て手作りしています。

本店的商品不是機器生產的，全部都是手工打造的。

● にもまして

1.更加地…、加倍的…、比…更…、比…勝過…；2.最…、第一

➡ ❶【強調程度】{名詞}＋にもまして。表示兩個事物相比較。比起前項，後項更為嚴重，更勝一籌，前面常接時間、時間副詞或是「それ」等詞，後接比前項程度更高的內容，如例(1)～(3)。

❷【最上級】{疑問詞}＋にもまして。表示「最…」之意，如例(4)、(5)。

1 高校3年生になってから、彼は以前にもまして真面目に勉強している。

上了高三，他比以往更加用功。

➡ 例句

2 仕事は大変だが、それにもまして大変なのは上司のご機嫌取りだ。

工作雖然辛苦，但是更辛苦的是得拍主管的馬屁。

3 開発部門には、従来にもまして優秀な人材を投入していく所存です。

開發部門打算招攬比以往更優秀的人才。

4 君は誰にもまして美しい。

妳比任何人都要美麗。

5 私には何にもまして子どもが大切です。

對我來說，沒有什麼是比孩子更重要的。

Track N1 2-42

120

のいたり（だ）

1.真是…到了極點、真是…、極其…、無比…；2.都怪…、因為…

➡ {名詞}＋の至り（だ）

❶【強調感情】前接「光榮、感激」等特定的名詞，表示一種強烈的情感，達到最高的狀態，多用在講客套話的時候，通常用在好的一面，如例(1)～(3)。

❷【原因】表示前項與某個結果有相互關聯，如例(4)、(5)。

1 こんな賞をいただけるとは、光栄の至りです。

能得到這樣的大獎，真是光榮之至。

⇒ **例句**

2 皆様には熱烈なご支持をいただき、感謝感激の至りです。 | 承蒙諸位的熱烈支持，委實不勝感激。

3 創刊 50 周年を迎えることができ、慶賀の至りです。 | 能夠迎接創刊五十週年，真是值得慶祝。

4 このような事態になったのは、すべて私どもの不明の至りです。 | 事態演變到這種地步，一切都怪我們的督導不周。

5 若気の至りとて許されるものではない。 | 雖說是血氣方剛，但也不能因為這樣就饒了他。

121

Track N1 2-43

● **のきわみ（だ）**

真是…極了、十分地…、極其…

⇒ ｛名詞｝＋の極み（だ）

【極限】形容事物達到了極高的程度。強調這程度已經超越一般，到達頂點了。大多用來表達說話人激動時的那種心情。前面可接正面或負面、或是感情以外的詞。前接情緒的詞表示感情激動，接名詞則表示程度極致。「感激の極み」（感激萬分）、「痛恨の極み」（極為遺憾）是常用的形式。

1 大の大人がこんなこともできないなんて、無能の極みだ。

堂堂的一個大人連這種事都做不好，真是太沒用了。

⇒ **例句**

2 連日の残業で、疲労の極みに達している。 | 連日來的加班已經疲憊不堪了。

3 そこまでよくしてくださって、感激の極みです。

您如此為我設想周到，真是令我感激萬分。

4 国の借金をこんなに増やすなんて、今の政府は無責任の極みだ。

國家的舉債居然增加了這麼多，現在的政府簡直不負責任到了極點！

5 あのホテルは贅の極みを尽くしている。

那家飯店實在是奢華到了極點。

Track N1
2-44

はいうにおよばず、はいうまでもなく

不用説…（連）也、不必説…就連…

➡ {名詞}＋は言うに及ばず、は言うまでもなく；{[名詞・形容動詞詞幹]な；[形容詞・動詞]普通形}＋は言うに及ばず、のは言うまでもなく

【不必要】表示前項很明顯沒有說明的必要，後項較極端的事例當然就也不例外。是一種遞進、累加的表現，正、反面評價皆可使用。常和「も、さえも、まで」等相呼應。古語是「〜は言わずもがな」。

1 年始は言うに及ばず、年末もお休みです。

元旦時節自不在話下，歲末當然也都有休假。

➡ 例句

2 社長は言うに及ばず、重役も皆、金もうけのことしか考えていない。

總經理就不用說了，包括所有的董事，腦子裡也只想著賺錢這一件事。

3 有名なレストランは言うに及ばず、地元の人しか知らない穴場もご紹介します。

不只是著名的餐廳，也將介紹只有當地人才知道的私房景點。

4 栄養バランスは言うまでもなく、カロリーもしっかり計算してあります。

別說是營養均衡了，就連熱量也經過精細的計算。

5 男性は言うまでもなく、女性にも人気のある、まさに国民的アイドルです。

男性就不用説了，甚至廣受女性的歡迎，真不愧是國民偶像！

● はおろか

不用説…、就連…

➡ {名詞}＋はおろか

【附加】後面多接否定詞。表示前項的一般情況沒有説明的必要，以此來強調後項較極端的事例也不例外。後項常用「も、さえ、すら、まで」等強調助詞。含有説話人吃驚、不滿的情緒，是一種負面評價。不能用來指使對方做某事，所以不接命令、禁止、要求、勸誘等句子。

1 退院はおろか、意識も戻っていない。

別説是出院了，就連意識都還沒有清醒過來。

➡ 例句

2 戦争で、住む家はおろか家族までみんな失った。

在這場戰爭中，別説房子沒了，連全家人也統統喪命了。

3 後悔はおろか、反省もしていない。

別説是後悔了，就連反省都沒有。

4 生活が困窮し、学費はおろか、光熱費も払えない。

生活困苦，別説是學費，就連電費和瓦斯費都付不出來。

5 私は、海外はおろか、国内ですら大阪より東に行ったことがない。

我別説去國外，就連國內也不曾到過比大阪更東邊的地方。

● ばこそ

就是因為…才…、正因為…才…

➡ {[名詞・形容動詞詞幹] であれ；[形容詞・動詞] 假定形}＋ばこそ

【原因】強調原因。表示強調最根本的理由。正是這個原因，才有後項的結果。強調說話人以積極的態度說明理由。句尾用「のだ」、「のです」時，有「加強因果關係的說明」的語氣。一般用在正面的評價。書面用語。

1 地道な努力があればこそ、成功できたのです。
　　正因為有踏實的努力，才能成功。

➡ 例句

2 子供がかわいければこそ、叱ったのだ。

正因為疼愛孩子，才愈應該訓斥他。

3 あなたのことを心配すればこそ、言っているんですよ。

就是因為擔心你，所以才要訓你呀！

4 健康であればこそ、働くことができる。

就是因為有健康的身體，才能工作打拼。

5 御社のご助力があればこそ、計画が成功したのです。

正因為有貴公司的鼎力相助，計畫才能夠成功。

● はさておき、はさておいて

暫且不說…、姑且不提…

➡ {名詞}＋はさておき、はさておいて

【除外】表示現在先不考慮前項，而先談論後項。

1 仕事の話はさておいて、さあさあまず一杯。
　　別談那些公事了，來吧來吧，先乾一杯再說！

➡ 例句

2 真偽のほどはさておき、これが報道されて
いる内容です。

先不論是真是假，這就是媒體報導的內容。

3 勝ち負けはさておき、感動を与えてくれた
アスリート達に拍手を！

先不論勝負成敗，請為這些帶給我們感動的運動員們鼓掌喝采！

4 僕のことはさておいて、お前の方こそ彼女と
最近どうなんだ？

先不説我的事了，你呢？最近和女朋友過得如何？

5 結婚はさておき、とりあえず彼女が欲しい
です。

結婚這件事就先擱到一旁，反正我就是想要交女朋友。

126

Track N1
2-48

● ばそれまでだ、たらそれまでだ

…就完了、…就到此結束

➡ {動詞假定形}＋ばそれまでだ、たらそれまでだ

❶【主張】表示一旦發生前項情況，那麼一切都只好到此結束，一切都是徒勞無功之意，如例(1)～(3)。

❷〔強調〕前面多採用「も、ても」的形式，強調就算如此，也無法彌補、徒勞無功的語意，如例(4)、(5)。

1 トーナメント試合では、1回負ければそれま
でだ。

淘汰賽只要輸一場就結束了。

➡ 例句

2 このことがマスコミに嗅ぎつけられたらそ
れまでだ。

萬一這件事被傳播媒體發現的話，一切就完了。

3 単なる不手際と言われればそれまでだ。

如果被講「你真是笨手笨腳」的話，那就沒戲唱了。

4 立派な家も火事が起こればそれまでだ。

不管多棒的房子，只要發生火災也就全毀了。

5 人間、どれだけお金があっても、死んでしまえばそれまでだ。

人不管擁有再多錢，一旦死掉也就用不到了。

はどう（で）あれ

不管…、不論…

→ {名詞}＋はどう（で）あれ

【讓步】表示前項不會對後項的狀態、行動造成什麼影響。

1 本音はどうであれ、表向きはこう言うしかない。

不管真心話為何，對外都只能這樣說。

→ 例句

2 結果はどうであれ、自分で決めたことなので後悔はしていない。

不管結果如何，畢竟是自己決定的事，所以不會後悔。

3 成績はどうであれ、単位さえもらえればいい。

不管成績如何，只要能拿到學分就行。

4 理由はどうであれ、法を犯したことに変わりありません。

不管理由為何，觸法這點都是不變的。

5 事情はどうあれ、そんなことをしたのはよくなかった。

不管有什麼樣的苦衷，做了那種事就是不對。

128

● ひとり～だけで (は) なく

不只是…、不單是…、不僅僅…

➔ ひとり＋{名詞}＋だけで (は) なく

【附加】表示不只是前項，涉及的範圍更擴大到後項。後項內容是説話人所偏重、重視的。一般用在比較嚴肅的話題上。書面用語。口語用「ただ～だけでなく～」。

1 少子化はひとり女性だけの問題ではなく、社会全体の問題だ。

　少子化不單是女性的問題，也是全體社會的問題。

➔ 例句

2 喫煙は、ひとり本人だけでなく、周囲の人にも健康被害をもたらす。

抽菸不單對本人有害，也會危害身邊人們的健康。

3 石油の値上がりは、ひとり中東だけの問題でなく世界的な問題だ。

油價上漲不只是中東國家的問題，也是全球性的課題。

4 このことはひとり日本だけでなく、地球規模の重大な問題である。

這件事不僅和日本有關，也是全球性之重大問題。

5 ひとり彼だけでなく、そのように感じている人は多い。

不單是他一個人而已，同樣有那種感覺的人很多。

129

● ひとり～のみならず～ (も)

不單是…、不僅是…、不僅僅…

➔ ひとり＋{名詞}＋のみならず (も)

【附加】比「ひとり～だけでなく」更文言的説法。表示不只是前項，涉

及的範圍更擴大到後項。後項內容是說話人所偏重、重視的。一般用在比較嚴肅的話題上。書面用語。口語用「ただ〜だけでなく〜」。

1 明日のマラソン大会は、ひとりプロの選手の
みならず、アマチュア選手も参加可能だ。

明天的馬拉松大賽，不僅是職業選手，就連業餘選手也都可以參加。

➡ 例句

2 今回の事件は、ひとり加害者のみならず、社会全体に責任がある。

這起事件，不單加害人要負責，包括整個社會都必須共同承擔責任。

3 彼の演技は、ひとりファンのみならず、審査員まで魅了した。

他的演技，不僅影迷，連評審也為之傾倒。

4 彼はひとり問屋のみならず、市場関係者も知っている。

他不只認識批發商，也認識了市場相關人物。

5 彼は、ひとり警察のみならず、検察や裁判官にまで人脈がある。

他的人脈不僅僅在警界，甚至遍及法界的檢察官和法官。

Track N1
2-52

● べからず、べからざる

不得…（的）、禁止…（的）、勿…（的）、莫…（的）

➡ {動詞辭書形}＋べからず、べからざる＋{名詞}

❶【禁止】「べし」否定形。表示禁止、命令。是較強硬的禁止說法，文言文式說法，故常有前接古文動詞的情形，多半出現在告示牌、公佈欄、演講標題上。現在很少見。禁止的內容就社會認知來看不被允許。口語說「〜てはいけない」。「〜べからず」只放在句尾，或放在括號（「」）內，做為標語或轉述內容，如例(1)、(2)。

❷〖べからざるN〗「〜べからざる」後面則接名詞，這個名詞是指不允許做前面行為、事態的對象，如例(3)、(4)。

❸ 〔**諺語**〕用於諺語，如例(5)。

❹ 〔**前接古語動詞**〕由於「べからず」與「べく」、「べし」一樣為古語表現，因此前面常接古語的動詞，如例(1) 的「忘る」等，便和現代日語中的有些不同。前面若接サ行變格動詞，可用「〜すべからず／べからざる」、「〜するべからず／べからざる」，但較常使用「〜すべからず／べからざる」（「す」為古日語「する」的辭書形）。

1 入社式で社長が「初心忘るべからず」と題するスピーチをした。

社長在公司的迎新會上，發表了一段以「莫忘初衷」為主題的演講。

➡ 例句

2 「花を採るべからず」と書いてあるが、実も採ってはいけない。

雖然上面寫的是「禁止摘花」，但是包括果實也不可以摘。

3 経営者として欠くべからざる要素はなんであろうか。

什麼是做為一個經營者不可欠缺的要素呢？

4 幼い我が子を殺すとは、許すべからざる行為だ。

居然殺死我那幼小的孩子，這種行為絕對不能饒恕！

5 昔は、「男子厨房に入るべからず」と言った。

有句老話是「君子遠庖廚」。

131

Track N1
2-53

● べく

為了…而…、想要…、打算…

➡ {動詞辭書形}＋べく

【目的】表示意志、目的。是「べし」的ます形。表示帶著某種目的，來做後項。語氣中帶有這樣做是理所當然、天經地義之意。雖然是較生硬的說法，但現代日語有使用。後項不接委託、命令、要求的句子。前面若接サ行變格動詞，可用「〜すべく」、「〜するべく」，但較常使用「〜すべく」（「す」為古日語「する」的辭書形）。

1 消費者の需要に対応すべく、生産量を増加することを決定した。

為了因應消費者的需求，而決定增加生產量。

➡ 例句

2 借金を返すべく、共働きをしている。

夫婦兩人為了還債都出外工作。

3 相手の勢力に対抗すべく、人員を総動員した。

為了跟對方的勢力抗衡，而出動了所有人員。

4 家族に食べさせるべく、嫌な仕事でも続けている。

為了維持一家人的生計，就算是討厭的工作也必須做下去。

5 これは天災ではなく、起こるべくして起きた人災だ。

這不是天災，而是不該發生卻發生了的人禍。

N
1

132

Track N1
2-54

● べくもない

無法…、無從…、不可能…

➡ {動詞辭書形}＋べくもない

【否定】表示希望的事情，由於差距太大了，當然是不可能發生的意思。也因此，一般只接在跟說話人希望有關的動詞後面，如「望む、知る」。是比較生硬的表現方法。另外，前面若接サ行變格動詞，可用「～すべくもない」、「～するべくもない」，但較常使用「～すべくもない」（「す」為古日語「する」的辭書形）。

1 都心に一戸建てなど持てるべくもない。

別妄想在市中心擁有獨棟樓房了。

日語文法・句型詳解

⇒ 例句

2 そのときは、まさか自分がそんな病気だとは知るべくもなかった。	那時候，連想都沒有想過自己居然生了那種病。
3 ふられた。イケメンの医者が相手では、勝つべくもなかった。	我被甩了。情敵是型男醫師，根本沒有勝算。
4 人間のやることだから、完璧は求めるべくもない。	既然是人做的事，就不該追求完美。
5 まさか妻の命が風前の灯だとは、知るべくもなかった。	我壓根不知道妻子的性命竟然已是風中殘燭了。

133

● べし

應該…、必須…、值得…

⇒ {動詞辭書形}＋べし

❶【當然】是一種義務、當然的表現方式。表示説話人從道理上考慮，覺得那樣做是應該的，理所當然的，如例(1)～(3)。用在説話人對一般的事情發表意見的時候，含有命令、勸誘的語意，只放在句尾。是種文言的表達方式。

❷〖サ変動詞すべし〗前面若接サ行變格動詞，可用「～すべし」、「～するべし」，但較常使用「～すべし」（「す」為古日語「する」的辭書形），如例(4)。

❸〖格言〗用於格言，如例(5)。

1 親たる者、子どもの弁当ぐらい自分でつくるべし。
親自為孩子做便當是父母責無旁貸的義務。

⇒ 例句

2 明日は朝早いから、今日はもう寝るべし。	明天要早起，所以現在該睡了。

214

3 外国語は、文字ばかりでなく耳と口で覚え
るべし。

外文不單要學文字，也應該
透過耳朵和嘴巴來學習。

4 1年間でコストを 10%削減すべしとの指示
があった。

上面有指令下來要我們在一
年內將年成本壓低百分之十。

5 後生おそるべし。

後生可畏。

● まぎわに（は）、まぎわの

迫近…、…在即

➡ ｛動詞辭書形｝＋間際に（は）、間際の＋｛名詞｝

❶【時點】表示事物臨近某狀態，或正當要做什麼的時候，如例(1)～(3)。
❷〖間際のN〗後接名詞，用「間際の＋名詞」的形式，如例(4)、(5)。

1 後ろに問題が続いていることに気づかず、試
験終了間際に気づいて慌ててしまいました。

没有發現考卷背後還有題目，直到接近考試時間即
將截止時才赫然察覺，頓時驚慌失措了。

➡ 例句

2 家を出る間際に電話がかかってきて、電車
に乗り遅れた。

臨出門前接了一通電話，結
果來不及搭電車了。

3 寝る間際には、あまり食べない方がいいで
すよ。

睡前不要吃太多比較好喔！

4 試合終了間際の逆転勝利に、観客は大いに
盛り上がった。

在比賽即將結束的時刻突然逆
轉勝利，觀眾們全都陷入了激
動瘋狂的情緒。

5 火事が起きたのは、勤務時間終了間際のこ
とでした。

那場火災就發生在即將下班
的時刻。

● まじ、まじき

不該有（的）…、不該出現（的）…

➡ ❶【指責】{動詞辭書形}＋まじき＋{名詞}。前接指責的對象，多為職業或地位的名詞，指責話題中人物的行為，不符其身份、資格或立場，後面常接「行為、発言、態度、こと」等名詞，而「する」也有「すまじ」的形式。多數時，會用[名詞に；名詞として]＋あるまじき。如例(1)～(3)。

❷〖動詞辭書形まじ〗{動詞辭書形}＋まじ。為古日語的助動詞，只放在句尾，是一種較為生硬的書面用語，較不常使用，如例(4)、(5)。

1 それは父親として許すまじきふるまいだ。

　那是身為一個父親不該有的言行。

➡ **例句**

2 嘘の実験結果を公表するとは、科学者としてあるまじきことだ。

竟然發表虛假的實驗報告，真是作為一個科學家不該有的行為。

3 新法案は、民主国家にあるまじき言論統制だ。

那項新法案是關於不該出現在民主國家的限制言論自由。

4 卑劣なテロリストを許すまじ。

那些卑鄙的恐怖份子絕對不可原諒！

5 あの災害を忘るまじ。

那場災害決對不容遺忘。

● までだ、までのことだ

1.大不了…而已、只是…、只好…、也就是…；2.純粹是…

➡ {動詞辭書形；動詞た形；それ；これ}＋までだ、までのことだ

❶【主張】接動詞辭書形時，表示現在的方法即使不行，也不沮喪，再採取別的方法。有時含有只有這樣做了，這是最後的手段的意思。表示講話人的決心、心理準備等，如例(1)～(3)。

❷【理由】接動詞た形時，強調理由、原因只有這個。表示理由限定的範圍。表示説話者單純的行為。含有「説話人所做的事，只是前項那點理由，沒有特別用意」，如例(4)、(5)。

1 議論が平行線をたどるなら、事態を打開するために、何らかの措置をとるまでだ。

爭論如果始終僵持不下，為了要解決現狀，就必須採取某種措施才行。

➡ 例句

2 壊されても壊されても、また作るまでのことです。	就算一而再、再而三的壞掉，只要重新做一個就好了。
3 和解できないなら訴訟を起こすまでだ。	如果沒辦法和解，大不了就告上法院啊！
4 何が悪いんだ。本当のことを言ったまでじゃないか。	難道我説錯了嗎？我只不過是説出事實而已啊！
5 大したことではなく、ただ自分の責務を果たしたまでのことです。	這沒什麼大不了的，只不過是盡了自己的本分而已。

Track N1
2-59

● まで（のこと）もない

用不著…、不必…、不必説…

➡ {動詞辭書形}＋まで（のこと）もない

【不必要】前接動作，表示沒必要做到前項那種程度。含有事情已經很清楚了，再説或做也沒意義，前面常和表示説話的「言う、話す、説明する、教える」等詞共用。

1 子どもじゃあるまいし、一々教えるまでも
ない。

你又不是小孩子，我沒必要一個個教的。

➡ 例句

2 そのくらい、いちいち上に報告するまでの こともない。	那種小事，根本用不著向上 級逐一報告。
3 見れば分かるから、わざわざ説明するまで もない。	只要看了就知道，所以用不 著一一說明。
4 さまざまな要因が背後に隠れていることは言 うまでもない。	不用說這背後必隱藏了許多 重要的因素。
5 改めてご紹介するまでもありませんが、物 理学者の湯川振一郎先生です。	這一位是物理學家湯川振一 郎教授，我想應該不需要鄭 重介紹了。

138

Track N1
2-60

● まみれ

沾滿…、滿是…

➡ {名詞}＋まみれ

❶【樣態】表示物體表面沾滿了令人不快或骯髒的東西，非常骯髒的樣
子，前常接「泥、汗、ほこり」等詞，表示在物體的表面上，沾滿了
令人不快、雜亂、負面的事物，如例(1)～(3)。

❷〔困擾〕表示處在叫人很困擾的狀況，如「借金」等令人困擾、不悦的
事情，如例(4)、(5)。

1 サッカーの試合中、雨が降り出し、泥まみれ
になった。

足球比賽時下起雨來，場地成了一片泥濘。

➜ 例句

2 これさえあれば、油まみれの換気扇もお掃除ラクラク！

只要有這個，就算是沾滿油垢的通風扇也可以輕輕鬆鬆煥然一新！

3 物音がしたので行ってみると、人が血まみれで倒れていた。

當時聽到了聲響過去一看，有個人倒臥在血泊之中。

4 好きなものを好きなだけ買って、彼は借金まみれになった。

他總是想買什麼就買什麼，最後欠了一屁股的債。

5 明らかに嘘まみれの弁解にみんな辟易した。

大家對他擺明就是一派胡言的詭辯感到真是服了。

139

Track N1
2-61

● めく

像…的樣子、有…的意味、有…的傾向

➜ {名詞}＋めく

❶【傾向】「めく」是接尾詞，接在詞語後面，表示具有該詞語的要素，表現出某種樣子，如例(1)～(3)。前接詞很有限，習慣上較常說「春めく」（有春意）、「秋めく」（有秋意）。但「夏めく」、「冬めく」就較少使用。

❷〖めいた〗五段活用後接名詞時，用「めいた」的形式連接，如例(4)、(5)。

1 あの人はどこか謎めいている。

總覺得那個人神秘兮兮的。

➜ 例句

2 3月になり、日差しも春めいてきた。

進入三月，陽光也變得和煦如春了。

3 群集がざわめく中、首相は演説を始めた。

在人群吵雜之中，首相開始了他的演講。

4 声を荒げ、脅かしめいた言い方で詰め寄ってきた。

他發出粗暴聲音，且用一副威脅人的語氣向我逼近。

5 若い者を見ると、ついお説教めいたことを言ってしまう。

一看見年輕人，就忍不住訓起話來了。

● もさることながら～も

不用説…、…（不）更是…

➡ {名詞}＋もさることながら

【附加】前接基本的內容，後接強調的內容。含有雖然不能忽視前項，但是後項比之更進一步。一般用在積極的、正面的評價。跟直接、斷定的「よりも」相比，「もさることながら」比較間接、婉轉。

1 技術もさることながら、体力と気力も要求される。

技術層面不用説，更是需要體力和精力的。

➡ 例句

2 採用試験では、筆記試験もさることながら、面接が重視される。

關於錄用考試，筆試固然不可輕忽，面試也很重要。

3 味のよさもさることながら、盛り付けの美しさもさすがだ。

美味自不待言，充滿美感的擺盤更是令人折服。

4 成果そのものもさることながら、その過程で何を学んだかが重要だ。

成果本身固然要緊，從那個過程中學到什麼，更是重要。

5 勝敗もさることながら、スポーツマンシップこそ大切だ。

不僅要追求勝利，最重要的是具備運動家的精神。

● もなんともない、でもなんでもない

也不是…什麼的、也沒有…什麼的、根本不…

➡ {形容詞く形}＋もなんともない；{名詞；形容動詞詞幹}＋でもなんでもない

【否定】用來強烈否定前項。

1 別に、あなたのことなんて好きでもなんでもない。

沒有啊，我也沒有喜歡你還是什麼的。

➡ 例句

2 もうお前なんか友達でもなんでもない。絶交だ。

你這種人根本算不上是朋友！我要和你絕交！

3 高い買い物だが、利益に繋がるものなので惜しくもなんともない。

雖然是高額消費，但和利益相關，所以也不會覺得可惜還是什麼的。

4 見た目はひどい傷なんですが、不思議なことに痛くもなんともないんです。

看起來雖然傷得很重，但神奇的是，也不會覺得痛還是什麼的。

5 それは科学的に説明できる。不思議でもなんでもない。

那種現象有科學上的解釋，不是什麼不可思議的事情。

● （～ば／ても）～ものを

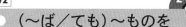

1. 可是…、卻…、然而卻…；2. …的話就好了，可是卻…

➡ {名詞である；形容動詞詞幹な；[形容詞・動詞]普通形}＋ものを

❶【讓步】逆接表現。表示説話者以悔恨、不滿、責備的心情，來説明前項的事態沒有按照期待的方向發展。跟「のに」的用法相似，但説法比較古老。常用「ば（いい、よかった）ものを、ても（いい、よかっ

N
1

日語文法・句型詳解

た）ものを」的表現，如例(1)〜(3)。

❷【指責】「ものを」也可放句尾（終助詞用法），用「すればいいものを」的形式，表示因為沒有做前項，所以產生了不好的結果，為此心裡感到不服氣、感嘆的意思，如例(4)、(5)。

1 先にやっておけばよかったものを、やらないから土壇場になって慌てることになる。

先把它做好就沒事了，可是你不做才現在事到臨頭慌慌張張的。

⮕ 例句

2 一言謝ればいいものを、いつまでも意地を張っている。	説一聲抱歉就沒事了，你卻只是在那裡鬧彆扭。
3 正直に言えばよかったものを、隠すからこういう結果になる。	老實講就沒事了，你卻要隱瞞才會落到這種下場。
4 もっと早く医者に行けばよかったものを。	早點去看醫生就好了，偏要拖那麼久！
5 おなかの調子が悪いなら、無理して食べなければいいものを。	既然肚子不舒服，為何又偏偏要勉強吃下去！

143

Track N1
2-65

● や、やいなや

剛…就…、一…馬上就…

⮕ ｛動詞辭書形｝＋や、や否や

【時間前後】 表示前一個動作才剛做完，甚至還沒做完，就馬上引起後項的動作。兩動作時間相隔很短，幾乎同時發生。語含受前項的影響，而發生後項意外之事。多用在描寫現實事物。書面用語。前後動作主體可不同。

1 合格者の番号が掲示板に貼られるや、黒山の人だかりができた。

當公佈欄貼上及格者的號碼時，就立刻圍上大批的人群。

➡ 例句

2 財務長官が声明を発表するや、市場は大きく反発した。

當財政部長發表聲明後，股市立刻大幅回升。

3 似顔絵が公開されるや、犯人はすぐ逮捕された。

一公開了肖像畫，犯人馬上就被逮捕了。

4 茂は、家に帰るや、ランドセルを放り出して遊びに行った。

阿茂一到家就把書包一扔，出門玩耍去了。

5 発売されるや否や、大ブームを巻き起こした。

才剛一發售，立刻掀起了搶購熱潮。

144

Track N1
2-66

● を〜にひかえて

臨進…、靠近…、面臨…

➡ ❶【即將】{名詞}＋を＋{時間；場所}＋に控えて。「に控えて」前接時間詞時，表示「を」前面的事情，時間上已經迫近了；前接場所時，表示空間上很靠近的意思，就好像背後有如山、海、高原那樣宏大的背景。

❷〔Nがひかえて〕{名詞}＋が控えて。一般也有使用「が」的用法，如例(4)。

❸〔をひかえたN〕を控えた＋{名詞}。也可以省略「{時間；場所}＋に」的部分。還有，後接名詞時用「を〜に控えた＋名詞」的形式，如例(5)。

1 結婚式を明日に控えているため、大忙しだった。

明天即將舉行結婚典禮，所以忙得團團轉。

→ 例句

2 会社の設立を目前に控えて、慌ただしい日が続いています。

距離公司成立已進入倒數階段，每天都異常繁忙。

3 妻は出産を来週に控えて、実家に帰りました。

妻子即將於下週生產，我已經讓她回到娘家了。

4 うちはすぐ後ろに山が控えているので、蚊だの何だのが多い。

由於我家後面就有一片山坡，因此蚊蟲之類的特別多。

5 高校受験を控えた子供に、夜食を作ってやった。

為了即將參加高中升學考試的孩子做了消夜。

145

Track N1
2-67

● をおいて、をおいて〜ない

1. 除了…之外（沒有）；2. 以…為優先

→ {名詞}＋をおいて、をおいて〜ない

❶【限定】表示沒有可以跟前項相比的事物，在某範圍內，這是最積極的選項。多用於給予很高評價的場合，如例(1)〜(3)。

❷【優先】用「何をおいても」表示比任何事情都要優先，如例(4)、(5)。

1 この難題に立ち向かえるのは、彼をおいていない。

能夠挺身面對這項難題的，捨他其誰！

→ 例句

2 環境に優しい乗り物といったら、自転車をおいてほかにない。

要說不會造成環境汙染的交通工具，除了自行車就沒有別的了。

3 同僚で、英語ができる人といえば、鈴木さんをおいていない。

同事裡會講英語的人，除了鈴木小姐就沒有別人了。

4 せっかくここに来たなら、何をおいても博物館
に行くべきだ。

好不容易來到了這裡，不管怎樣都要去博物館才是。

5 彼女の生活は、何をおいてもまず音楽だ。

她的生活不管怎樣，都以音樂為第一優先。

● をかぎりに、かぎりで

從…起…、從…之後就不（沒）…、以…為分界

➡ {名詞}＋を限りに、限りで

【限定】前接某時間點，表示在此之前一直持續的事，從此以後不再繼續下去。多含有從說話的時候開始算起，結束某行為之意。表示結束的詞常有「やめる、別れる、引退する」等。正、負面的評價皆可使用。

1 あの日を限りに彼女から何の連絡もない。

自從那天起，她就音訊全無了。

➡ 例句

2 今月を限りに事業から撤退することを決めた。

我決定事業做到這個月後就收起來。

3 私は今日を限りにタバコをやめる決意をした。

我決定了從今天開始戒菸。

4 悪い仲間との付き合いは、これを限りに終わりにする。

和壞朋友的往來，這是最後一次了。

5 私の好きなプロ野球選手が、今季を限りに引退すると発表した。

我所喜歡的棒球選手宣布了將於本球季結束後退休。

● をかわきりに、をかわきりにして、をかわきりとして

以…為開端開始…、從…開始

➡ {名詞}＋を皮切りに、を皮切りにして、を皮切りとして

【起點】前接某個時間、地點等，表示以這為起點，開始了一連串同類型的動作。後項一般是繁榮飛躍、事業興隆等內容。

1 沖縄を皮切りに、各地が梅雨入りしている。

從沖繩開始，各地陸續進入梅雨季。

➡ **例句**

2 ５日の花火大会を皮切りに、３日間の祭りの幕が開ける。

從五號的煙火晚會揭開序幕，開始了為期三天的慶典。

3 この事件を皮切りにして、各地で反乱が起こった。

以這起事件為引爆點，引發了各地的叛亂。

4 香港を皮切りとしてワールドツアーを行う。

將以香港為首站，展開世界巡迴演出。

5 この作品を皮切りとして、彼女は売れっ子作家になった。

以這部作品為開端，她一躍而成暢銷作家了。

● をきんじえない

不禁…、禁不住就…、忍不住…

➡ {名詞}＋を禁じえない

【強調感情】前接帶有情感意義的名詞，表示面對某種情景，心中自然而然產生的、難以抑制的心情。這感情是越抑制感情越不可收拾的。屬於書面用語，正、反面的情感都適用。口語中不用。

1 デザインのすばらしさと独創性（どくそうせい）に賞賛（しょうさん）を禁（きん）じえない。

看到設計如此卓越又具獨創性，令人讚賞不已。

→ **例句**

2 彼女（かのじょ）の哀（あわ）れな身（み）の上（うえ）に、涙（なみだ）を禁（きん）じ得（え）なかった。

為她悲慘的身世而忍不住掉下了眼淚。

3 常識（じょうしき）に欠（か）ける発言（はつげん）に不快感（ふかいかん）を禁（きん）じえない。

那種缺乏常識的發言，真叫人感到不快。

4 あまりに突然（とつぜん）の出来事（できごと）に驚（おどろ）きを禁（きん）じえない。

事情發生得太突然了，令人不禁大吃一驚。

5 地震（じしん）の被災者（ひさいしゃ）の話（はなし）を聞（き）いて、同情（どうじょう）を禁（きん）じ得（え）なかった。

聽到了地震受災戶的經歷，不由得深感同情。

149

Track N1
2-71

● **をふまえて**

根據…、以…為基礎

→ {名詞}＋を踏（ふ）まえて

【依據】 表示以前項為前提、依據或參考，進行後面的動作。後面的動作通常是「討論する」（辯論）、「話す」（説）、「検討する」（討論）、「抗議する」（抗議）、「論じる」（論述）、「議論する」（爭辯）等和表達有關的動詞。多用於正式場合，語氣生硬。

1 自分（じぶん）の経験（けいけん）を踏（ふ）まえて話（はな）したいと思（おも）います。

我想根據自己的經驗來談談。

N
1

➡ 例句

2 現実を踏まえて、法を改正すべきだ。　應當基於現實狀況來修訂法規。

3 この結果を踏まえて今後の対応を検討したいと思います。　我想依據這個結果來討論今後的對應措施。

4 学生たちの抗議行動は、法的な根拠を踏まえていない。　學生們的抗議行動並未逾越法源。

5 利用者の声を踏まえてサービスを改善する。　根據使用者的意見而改善服務品質。

150

● をもって

1. 以此…、用以…；2. 至…為止

➡ {名詞}＋をもって

❶【手段】表示行為的手段、方法、材料、中介物、根據、仲介、原因等，如例(1)～(3)。

❷【界線】表示限度或界線，接在「これ、以上、本日、今回」之後，用來宣布一直持續的事物，到那一期限結束了，常見於會議、演講等場合或正式的文件上，如例(4)。

❸〖禮貌－をもちまして〗較禮貌的說法用「～をもちまして」的形式，如例(5)。

1 顧客からの苦情に誠意をもって対応する。
　心懷誠意以回應顧客的抱怨。

➡ 例句

2 雪国の厳しさを、身をもって体験した。　親身體驗了雪國生活的嚴峻。

3 何をもってあのような結論に達したのだろうか。　到底是基於什麼而得到了那樣的結論呢？

4 以上<ruby>以<rt>い</rt></ruby><ruby>上<rt>じょう</rt></ruby>をもって、わたくしの<ruby>挨拶<rt>あいさつ</rt></ruby>とさせてい
　ただきます。

以上是我個人的致詞。

5 これをもちまして、2014<ruby>年<rt></rt></ruby><ruby>株主総会<rt>ねんかぶぬしそうかい</rt></ruby>を<ruby>終了<rt>しゅうりょう</rt></ruby>
　いたします。

到此，二〇一四年的股東大
會圓滿結束。

● **をもってすれば、をもってしても**

1. 只要用…；2. 即使以…也…

➡ {名詞}＋をもってすれば、をもってしても

❶【手段】原本「〜をもって」表示行為的手段、工具或方法、原因和理由，
亦或是限度和界限等意思。「〜をもってすれば」後為順接，從「行為的手
段、工具或方法」衍生為「只要用…」的意思，如例(1)〜(3)。

❷【讓步】「〜をもってしても」後為逆接，從「限度和界限」成為「即
使以…也…」的意思，如例(4)、(5)。

1 あの<ruby>子<rt>こ</rt></ruby>の<ruby>実力<rt>じつりょく</rt></ruby>をもってすれば、<ruby>全国制覇<rt>ぜんこくせいは</rt></ruby>は<ruby>間<rt>ま</rt></ruby>
　<ruby>違<rt>ちが</rt></ruby>いない。

他只要充分展現實力，必定能稱霸全國。

➡ **例句**

2 <ruby>現代<rt>げんだい</rt></ruby>の<ruby>科学<rt>かがく</rt></ruby>をもってすれば、<ruby>証明<rt>しょうめい</rt></ruby>できない
　とも<ruby>限<rt>かぎ</rt></ruby>らない。

只要運用現代科技，或許能
夠加以證明。

3 <ruby>国家権力<rt>こっかけんりょく</rt></ruby>をもってすれば、<ruby>一般人<rt>いっぱんじん</rt></ruby>の<ruby>電話<rt>でんわ</rt></ruby>を
　<ruby>盗聴<rt>とうちょう</rt></ruby>するくらい<ruby>簡単<rt>かんたん</rt></ruby>にできるだろう。

只要握有國家權力，竊聽一
般民眾電話之類的小事，想
必易如反掌吧。

4 この<ruby>病気<rt>びょうき</rt></ruby>は、<ruby>最新<rt>さいしん</rt></ruby>の<ruby>医療技術<rt>いりょうぎじゅつ</rt></ruby>をもってして
　も<ruby>完治<rt>かんち</rt></ruby>することはできない。

這種疾病，即使採用最新的醫
療技術，仍舊無法醫治痊癒。

5 <ruby>徹底的<rt>てっていてき</rt></ruby>なコスト<ruby>削減<rt>さくげん</rt></ruby>をもってしても、<ruby>会社<rt>かいしゃ</rt></ruby>
　を<ruby>立<rt>た</rt></ruby>て<ruby>直<rt>なお</rt></ruby>すことはできなかった。

就算徹底執行刪減成本，也
沒有辦法讓公司重新站起來。

N
1

152

● をものともせず（に）

不當…一回事、把…不放在眼裡、不顧…

➔ {名詞}＋をものともせず（に）

【無關】表示面對嚴峻的條件，仍然毫不畏懼，含有不畏懼前項的困難或傷痛，仍勇敢地做後項。後項大多接正面評價的句子。不用在說話者自己。跟含有譴責意味的「をよそに」比較，「をものともせず（に）」含有讚歎的意味。

1 病気をものともせず、前向きに生きている。

不在意身上的病痛，過著樂觀的人生。

➔ 例句

2 周囲の無理解をものともせずに、彼はひたすら研究に没頭した。	他不顧周遭的不理解，兀自埋首於研究。
3 周囲の反対をものともせず、二人は結婚した。	兩人不顧周圍的反對，結婚了。
4 不況をものともせず、ゲーム業界は成長を続けている。	電玩事業完全不受景氣低迷的影響，持續成長著。
5 スキャンダルの逆風をものともせず、当選した。	他完全不受醜聞的影響當選了。

153

● をよぎなくされる、をよぎなくさせる

1.只得…、只好…、沒辦法就只能…；2.迫使…

➔ ❶【強制】{名詞}＋を余儀なくされる。「される」因為大自然或環境等，個人能力所不能及的強大力量，不得已被迫做後表示項。帶有沒有選擇的餘地、無可奈何、不滿，含有以「被影響者」為出發點的語感，如例(1)～(3)。

❷【強制】{名詞}＋を余儀なくさせる、を余儀なくさせられる。「させる」使役形是強制進行的語意，表示後項發生的事，是叫人不滿的事態。表示情況已經到了沒有選擇的餘地，必須那麼做的地步，含有以「影響者」為出發點的語感，如例(4)、(5)。書面用語。

1 機体に異常が発生したため、緊急着陸を余儀な
くされた。

因為飛機機身發生了異常，逼不得已只能緊急迫降了。

➡ 例句

2 荒天のため欠航を余儀なくされた。	由於天候不佳，船班只得被迫停駛。
3 交通事故の後遺症により、車椅子生活を余儀なくされた。	因為車禍留下的後遺症，所以只能過著坐輪椅的生活。
4 父の突然の死は、彼に大学中退を余儀なくさせた。	父親驟逝的噩耗，使他不得不向大學辦理休學。
5 景気の低迷により、開発計画の見直しを余儀なくさせられた。	由於景氣低迷而不得不重新修改了開發計畫。

● をよそに

不管…、無視…

➡ {名詞}＋をよそに

【無關】表示無視前面的狀況，進行後項的行為。意含把原本跟自己有關的事情，當作跟自己無關，多含責備的語氣。前多接負面的內容，後接無視前面的狀況的結果或行為。相當於「〜を無視にして」、「〜をひとごとのように」。

1 周囲の喧騒をよそに、彼は自分の世界に浸っている。

他無視於周圍的喧嘩，沉溺在自己的世界裡。

N1 日語文法・句型詳解

➡ 例句

2 地元の反発をよそに、移転計画は着々と実行されている。 | 無視於當地居民的反對，遷移計畫仍舊持續進行。

3 受験勉強に明け暮れる同級生をよそに、彼は毎日ゲームにふけっている。 | 他毫不在意同班同學從早到晚忙著準備升學考試，天天都沉溺在電玩遊戲之中。

4 期待に膨らむ家族や友人をよそに、彼はマイペースだった。 | 他沒把家人和朋友對他的期待放在心上，還是照著自己的步調過日子。

5 警察の追及をよそに、彼女は沈黙を保っている。 | 她無視於警察的追問，仍保持沉默。

155

Track N1 2-77

● んがため（に）、んがための

為了…而…（的）、因為要…所以…（的）

➡ {動詞否定形（去ない）}＋んがため（に）、んがための

【目的】表示目的。用在積極地為了實現目標的說法，「んがため（に）」前面是想達到的目標，後面常是雖不喜歡，不得不做的動作。含有無論如何都要實現某事，帶著積極的目的做某事的語意。書面用語，很少出現在對話中。要注意前接サ行變格動詞時為「せんがため」，接「来る」時為「来（こ）んがため」；用「んがための」時後面要接名詞。

1 浮気現場を押さえんがために、彼女を尾行した。
為了抓姦而跟蹤了她。

➡ 例句

2 売り上げを伸ばさんがため、営業に奔走している。 | 為了提高營業額，而四處奔走拉客戶。

3 ただ酔わんがために酒を飲む。 | 單純只是為了買醉而喝酒。

4 本当はこんなことはしたくない。それもこれも
　生きんがためだ。

我其實一點都不想做這種事。這一切的一切都是為了活下去呀！

5 それは売らんがための宣伝文句にすぎない。

那不過是為了促銷的宣傳文案而已。

156

Track N1
2-78

んばかり（だ／に／の）

簡直是…、幾乎要…（的）、差點就…（的）

→ {動詞否定形（去ない）}＋んばかり（に／だ／の）

❶【比喻】表示事物幾乎要達到某狀態，或已經進入某狀態了。前接形容事物幾乎要到達的狀態、程度，含有程度很高、情況很嚴重的語意。「～んばかりに」放句中，如例(1)、(2)。

❷〖句尾－んばかりだ〗「～んばかりだ」放句尾，如例(3)。

❸〖句中－んばかりの〗「～んばかりの」放句中，後接名詞，如例(4)、(5)。口語少用，屬於書面用語。

N
1

1 夕日を受けた山々が、燃え上がらんばかりに
　赤く輝いている。

照映在群山上的落日彤霞，宛如燃燒一般火紅耀眼。

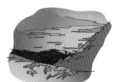

→ 例句

2 逆転優勝に跳び上がらんばかりに喜んだ。

反敗為勝讓人欣喜若狂到簡直就要跳了起來。

3 恋人に別れを告げられて、僕の胸は悲しみ
　に張り裂けんばかりだった。

情人對我提出分手，我的胸口幾乎要被猛烈的悲傷給撕裂了。

4 彼女の瞳は溢れんばかりの涙でいっぱい
　だった。

她熱淚盈眶。

5 満場の聴衆から、割れんばかりの拍手がわ
　き起こった。

滿場聽眾如雷的掌聲經久不息。

索引

索引

索引

索引

索引

山田社日語 44

精修關鍵字版　日本語文法 ・ 句型辭典
一N1、N2 文法辭典

（25K+MP3）　　　　　　　　　　　　　　2020年07月　初版

....

● **著者**　　　吉松由美・田中陽子・西村惠子・千田晴夫◎合著

● **出版發行**　山田社文化事業有限公司
　　　　　　　106 臺北市大安區安和路一段 112 巷 17 號 7 樓
　　　　　　　電話　02-2755-7622
　　　　　　　傳真　02-2700-1887

● **郵政劃撥**　19867160號　　大原文化事業有限公司

● **總經銷**　　聯合發行股份有限公司
　　　　　　　新北市新店區寶橋路 235 巷 6 弄 6 號 2 樓
　　　　　　　電話　02-2917-8022
　　　　　　　傳真　02-2915-6275

● **印刷**　　　上鎰數位科技印刷有限公司
● **法律顧問**　林長振法律事務所　林長振律師

● **定價+MP3**　新台幣399元
● **ISBN**　　　978-986-669-273-4